费孝通（1910—2005），江苏吴江人。20世纪中国享有国际声誉的卓越学者。中国社会学、人类学和民族学的重要奠基人之一。曾担任民盟中央主席、全国政协副主席、全国人大常委会副委员长等职。

1930年入燕京大学社会学系，获学士学位。1933年入清华大学社会学及人类学系，获硕士学位。1936年秋入英国伦敦经济学院攻读社会人类学，获哲学博士学位。1938年秋回国。曾先后在云南大学、西南联大、清华大学、中央民族学院、中国社会科学院、北京大学等从事教学与研究。

一生以书生自任，笔耕不辍，著作等身，代表作有《江村经济》《禄村农田》《乡土中国》《生育制度》《行行重行行》《中华民族的多元一体格局》等。

费孝通作品精选

留 英 记

费孝通 著

生活·讀書·新知 三联书店

Copyright © 2021 by SDX Joint Publishing Company.
All Rights Reserved.
本作品版权由生活·读书·新知三联书店所有。
未经许可,不得翻印。

图书在版编目(CIP)数据

留英记/费孝通著.—北京:生活·读书·新知三联书店,2021.1(2021.12 重印)
(费孝通作品精选)
ISBN 978-7-108-06942-9

Ⅰ.①留… Ⅱ.①费… Ⅲ.①随笔-作品集-中国-当代 Ⅳ.① I267.1

中国版本图书馆 CIP 数据核字(2020)第 152833 号

责任编辑	冯金红
封面设计	宁成春
版式设计	薛　宇
责任校对	张国荣
责任印制	董　欢
出版发行	生活·讀書·新知三联书店
	(北京市东城区美术馆东街 22 号 100010)
网　址	www.sdxjpc.com
经　销	新华书店
印　刷	河北鹏润印刷有限公司
版　次	2021 年 1 月北京第 1 版
	2021 年 12 月北京第 2 次印刷
开　本	880 毫米×1092 毫米　1/32　印张 6.25
字　数	123 千字
印　数	5,001-8,000 册
定　价	58.00 元

(印装查询:01064002715;邮购查询:01084010542)

费孝通作品精选

出版前言

费孝通（1910—2005），20世纪中国享有国际声誉的卓越学者。他不仅是中国社会学、人类学、民族学的重要奠基人之一，而且学以致用、知行合一，一生致力于探寻适合中国文化与社会传统的现代化之路。

在其"第一次学术生命"阶段，从最初的大瑶山到江村，再到后来的"魁阁"工作站，费孝通致力于社会生活的实地研究，继之以社会的结构特征考察，提出诸如"差序格局""家核心三角""社会继替""绅士"及"乡土损蚀"等概念和表述，代表作有《花蓝瑶社会组织》《江村经济》《禄村农田》《乡土中国》《乡土重建》《生育制度》等。在其学术求索中，费孝通与西方学术有关传统与现代的理论构成了广泛对话，而他的现实目标可归结为"乡土重建"，其学术思考围绕如何理解中国社会、如何推动中国社会现代化转型的问题展开。

20世纪50年代，费孝通在共和国民族政策与民族工作的建言与商讨中发挥了重要作用，也亲身参与"民族访问团"和民族识别调查工作。此间，他得以将其在"第一次学术生命"阶段提出的部分见解付诸实践,也得以在大瑶山调查之后,再次有机会深入民族地区,对边疆社会的组织结构和变迁过程进行广泛研究。在其参加"民族访问团"期间参与写作的调查报告,及后来所写的追思吴文藻、史禄国、潘光旦、顾颉刚等先生的文章中,费孝通记录了他在这个阶段的经历。

1978年,费孝通在二十余年学术生命中断之后获得了"第二次学术生命"。在这个阶段中,费孝通提出了"中华民族多元一体格局"这一有弹性的论述,引领了社会学学科的恢复重建工作,以"志在富民"为内在职志,努力探索中国自己因应世界变局的发展战略。从80年代初期开始,费孝通"行行重行行",接续了他的"乡土重建"事业,走遍中国的大江南北,致力于小城镇建设及城乡、东西部区域协同发展的调查研究。与此同时,他也深感全球化问题的压力,指出我们正处在一个"三级两跳"的时代关口,在尚未完成从乡土社会到工业社会的转型过程之时,又面临着"跳进"信息社会的时代要求,由此急需处理技术的跃迁速度远远超出人类已有的社会组织对技术的需求这一重要问题。在费孝通看来,这不只是一个经济制度问题,同时它也含有社会心态方面的巨大挑战。

20世纪80年代末期,费孝通开始思考世界性的文化关系问题。到90年代,这些思考落实为"文化自觉"的十六字表述:各美其美,美人之美,美美与共,天下大同。在全球社会前所未有地紧密接触、相互依赖的情况下,"三级两跳"意味着不同文明状态和类型的社会被迫面对面相处,这必然引起如何构建一种合理的世界秩序的问题。"文化自觉"既包含了文明反躬内省、自我认同的独特观念,有中国文化"和而不同"理想的气质,同时亦是一套有特色的社会科学方法论,含有针对自然/文化、普遍/特殊、一致/差异等一系列二元对立观的不同见解。值得指出的是,这一晚年的思想洞见其实渊源有自,早在其青年时代,人类学与跨文化比较就一直是费孝通内在的视野和方法,这使他从来没有局限于从中国看中国,具体的社区研究也不只是"民族志",因此他20世纪50年代前写作的大量有关英国和美国的文章,都是以杂感和时论的形式创造性地书写西方,并由此反观中国的历史与现实,加深他对中国社会总体结构的原则性理解,也正是在这个意义上,他才会把《美国人的性格》一书称为《乡土中国》的姊妹篇。

* * *

费孝通一生以书生自任,笔耕不辍,著作等身,"费孝通作品精选"即从他七百余万字的著述中精选最有代表性的作品,凡12种,三百余万字,涉及农村农民问题、边区民族问题、文明文化问题、世界观察、学术反思等多个层面。其中,《江村经济》《禄村农田》《乡土中国》《生育制度》《美国与美国人》《行行重行行》等,均在作者生前单行出版过;《留英记》《中华民族的多元一体格局》《学术自述与反思》《孔林片思:论文化自觉》,则是根据主题重新编选;

《中国士绅》1953年出版英文版,2009年三联书店推出中译本;《茧》是近期发现的作者1936年用英文写作的中篇小说,为首次翻译出版,对于理解费孝通早期的学术思想与时代思潮的关系提供了难得的新维度。

除首次刊印的个别作品外,均以《费孝通全集》(内蒙古人民出版社,2009年)为底本,并参照作者生前的单行定本进行编校。因作者写作的时间跨度长,文字、句式和标点的用法不尽相同,为了尊重著作原貌和不同时期的行文风格,我们一仍其旧,不强行用现在的出版规范进行统一。

此次编辑出版,得到了作者家属张荣华、张喆先生的支持,也得到了学界友人甘阳、王铭铭、渠敬东、杨清媚诸君的大力帮助,在此谨致谢忱。

生活·讀書·新知 三联书店

2020年9月

目 录

雾里英伦（1945）_ *1*

重访英伦（1947）_ *6*

《工党一年》译者序（1947）_ *93*

工党两年（1947）_ *120*

英国政府的改组（1947）_ *131*

传统在英国（1947）_ *137*

留英记（1962）_ *142*

英伦杂感（1982）_ *178*

英伦曲（1986）_ *187*

出版后记 _ *190*

雾里英伦

偶尔也常常想起伦敦：不是花草，是雾。多年没有浸染着伦敦的雾，生疏了的老友，想起了怎能不觉得若有所失？

雾到处都有。每天早上，推门出呈贡山头的默庐，东边一抹淡峰，沉拥在白蒙蒙的雾海里；望着，不免自喜：娇懒的山冈，比我还贪睡。独醒之感，有时也使人难受。伦敦的雾不是这样。去年在北美诗家谷过冬，不敢早起，早起了出门，四围在朝阳里发黄的尘雾兜着我，扼着脖子，不咳出口，会窒息；想咒诅，出不出声。若逢有事，等不得雾散了才上街，手帕按住嘴，急急忙忙，两步并作一步走，沿途有什么也不会勾留住我。不熟悉我的，不知道我鼻子有毛病的，定会笑我：岂习俗之移人哉，半年不到已涂上花旗色彩！伦敦的雾不是这样。

想起：初到伦敦，已属深秋。黄昏时节，晚雾方聚。车过海德公园，平冈野树，棱角隐约，游人憧憧往来其间，黯淡难辨。到客寓里坐定，侍女容笑相问："伦敦怎样？"我茫然不知所答，"我见了伦敦么？"——是的，人岂能貌取，外表上修饰的不是暴发，也是轻薄。摩天的高楼，突兀的华表，给人的是威势，引起的是渺小的自卑。谁甘心当蚂蚁？尊严屈辱了，跟着的是虚妄的自大。雾里伦敦掩没着她的雄伟，是母亲的抱怀，不是情人眼角的流盼。

深藏若虚，靠了雾。不明白英国人的，也许会觉得英国人城府太深，太喜藏；一见之下，似乎有着相当距离，捉摸不定他的真相，真如我初次在雾里过海德公园一般，茫然不知怎样去描述我的印象。记着：雾并不能隔绝你和平冈野树相接触，和往来人士相交谈。等你走近时，不但隐约模糊之感顿然消失，而且，我总是这样觉得，在雾里看花，才能对每一朵花细辨它的姿态和色泽，雾把四周分散我们视线的形形色色淡淡的抹上了一层薄幕，我们对于某一事物的注意也会因之集中，假若你在雾里还是睁着眼，你有机会时不妨试试，你决不会感觉到疏远，隔膜，空虚；在你身边的会分外对你亲切。雾把我们视境分出了亲疏，把特殊的个性衬托得更是明显。你可以在清晨立在山头望着眼前起伏的山丘，靠了朝雾，不但峰峦层叠，描出了远和近，即是山上的一树一木，万里一碧的晴天所不易瞩目的，也会在雾层上端孑然入眼。黑夜所搓混的距离，雾把它分出层次岗位，强烈的阳光所拉平了的个性，雾把它筛滤出棱角姿态——会交朋友的喜欢英国人。

英国人重个性，讲作风。一个作家的文章要写到不用具名一望而知是出自谁人的手笔。一个人远远走来，不必擦眼镜，端详眉目，只要窥着一眼，步伐后影里就注定了必是某人，不可能是别人。张伯伦的洋伞绝不能提在别人手上，丘吉尔的雪茄谁衔了也没有他那股神气。英国卡通的发达，岂是偶然？Low 只能生长在英国，也只有在英国能编得出 *Punch* 杂志。英国人是在雾里长大的，雾里才能欣赏个性，雾里每个人才必须讲究作风，喜好雾的人才能明白英国人。

雾叫人着重眼前，这是不错的，很少英国人高谈多年计划，隔着一层雾，你有什么兴致去辩论 10 尺以外的天地？有雾的天气，地面也不会干燥，滑溜溜的，看得太远，忘了鞋底，一脚高，一脚低，不翻身就得说是侥幸。眼前的现实是每一个雾里走动的人所不能不关心的。英国人是短见的么？不然。在黑夜里摸路的人，失足跌入深沟里，会爬不起来，我们怪不得他，他看不见深沟，跌下去不是他错；雾不是黑夜，每进一步，眼前展开了一层新的现实世界，每步都踏得实，当他举步前进，过去的渺茫已经化为具体，这是一个推陈出新的世界，如果出事，怪不得别人。走惯了雾路的人，对于前途有的是警觉和小心，决不能是虚妄。拿破仑，希特勒不会是英国人。大英帝国是几百年雾里积成的版图，若是要瓦解，也不会在丘吉尔一人手上。英国的民主可以保留皇帝，英国人民可以跟着主教在十字架前祈祷前线胜利。说是保守罢，当然。他们的回答是：没有必要，何必更张？大学生上课还要披道袍，多麻烦？可是披着的道袍并不挡着显微镜，并不遮住耳目，听不清教师的宏论，何必一定要连袖子都卷起，烧了道袍才甘心呢？雾里长大的人，不怕改变，可是明白改变也有多余乏味的时候,保守不一定是顽固,死硬;进步也不一定是时髦年轻。

雾里行路的人才明白可靠的只有自己,你踯躅在艰难的道上,举目是白漫漫的一片,也许朋友并不远,可是你不能拿稳了说在你困难和危急的时候,一定有人能看见你的失足,听见你的呼援;更说不定,咫尺之间就有等待着你的敌人。英国的国运的确不是个骄子。小小的孤岛,四面是恶浪汹涌的海洋,和大陆相隔不过14英里,可是这遥遥可望的海峡,却是天下稀有的险道。岛上的生存倚于海外的供给,他们的安全也就寄托在这多事的水面。若是英伦已经很久没有被侵,那不全是靠了盟友的代守代攻。每次有战争总有一个援军不及,自力撑住的危期。靠自己,靠自己;处危能安,履险为夷,从容沉着的劲,我不知道多少是在雾里养成的。

笼罩在雾里的英伦,雾不消,英国人的性格大概也不会变。你要认识他们,你得在雾里走走。

我曾问过昆明的英国朋友:"你觉得昆明的天气怎样?"

"真不错。"

"还想回老家?那多雾的英伦?"

"可惜昆明没有伦敦这样的雾。"

我记起在下栖的泰晤士畔,雾里望伦敦桥;我又记得在巴力门广场上,雾里听巨塔的钟声;纷扰中有恬静,忙乱中有闲情。没有了雾的伦敦,我不能想象,我也不愿再去。

我怀念英伦：没有纽约的显赫，没有巴黎的明媚，没有柏林的宏壮，没有罗马的古典；她有的是雾，雾使我忘记不了英伦。到处都有雾，可是到处都没有伦敦的雾一样的使人忘不了。

1945年1月28日于昆明

重访英伦

行前瞩望

这是痛苦的,麻痹了的躯体里活着个骄傲的灵魂。这痛苦也许曾降到过每个临终易箦的人的心头,只是僵化了舌头,挡住了这心情的泄漏。一个国家的弥留却不是这样容易解脱。呻吟里有字句,挣扎里有节奏。当我读到丘吉尔先生富尔顿的演词,怎能不发生无限的迟暮之感。

我是爱慕英国的。两年的英伦寄居,结下了这私心的关切。在战云还没有密盖到这岛国的上空时,徘徊在汉姆斯坦高地的树林里,野草如茵,落叶飘过肩头,轻风里送来隔岗孩子们的笑声,有的是宁静。一个成熟了的文化给人的决不是慌张和热情,而是萧疏和体贴。我爱这种初秋的风光,树上挂着果子,地上敷着秋收。可是英国的成熟却令人感到太仓促了一些,使人想起古罗马的晚景,在蔚蓝的地中海上,竟成了一座蜃楼。为了我对英伦有这一点私衷,未免起这忧心,尤其是当我接到新近从那边的来信,描写着劫后的伦敦,繁华中的废墟,这样地不敢令人相信。历史太无情,岂是真的又要重演一次帝国的兴亡轨迹?

煤、铁、水筑成的帝国

英国人有他们足以自骄的过去。罗马帝国除了寿命之外,有哪一点可以和大英帝国相比呢?当世界第一次大战发生的时候,大英帝国拥有1200万平方里的领土,满布全球,42500万的人口,占全人类的1/4。罗马帝国在领土上只有它的1/5,在人口上只有它的1/4。永远没有落日的帝国在文化、经济、武力上支配着整个世界。这雄飞宇内的帝国实在是历史上的奇迹,它发迹得这样的迅速! 300年里长成的帝国竟如是的壮健,跋扈! 300年前的大西洋,这滋养培植大英帝国的波浪,是西班牙巨舰纵横出没之区。渔人,海盗,亡命者蚁集的岛国,靠了海峡的天险,才能苟延残喘于强邻的姑息之下。他们怎敢仰首伸眉,问鼎欧陆?可是历史却挑中了这三岛,这海岸线最长、煤藏最富的三岛竟成了一个新世纪的摇篮。

"我们的帝国是无意中产生的。"英国人喜欢说这句话。至少在早年这是不错的。帝国的母亲,女皇伊丽莎白少女时没有敢做过诞生这贵子的美梦。她犹豫再三,不敢拒绝西班牙菲利浦的求婚。拒绝,那将是英国的灾难;不拒绝,那将是英国的屈辱。菲利浦的缺乏耐心解救了她的难题。1588年7月,历史转捩的日期,西班牙无敌舰队的132艘艨艟巨舰迫近了英国的海岸。这是一个谜,神风还是战士,击溃了这似乎是致命的打击?无论是出于什么原因,赔了夫人又折兵的西班牙白白地送出了一个永远收不回的礼物给这位帝国的母亲。海上霸权从此转移到英国手里,直到"威尔斯亲王号"在新加坡海外沉没为止，350年的帝国历史！

我愿意相信这三个半世纪的帝国繁荣，并不是出于哪一个人的擘划。谁能预先布置下这两个前后媲美的女皇，一个统治了45年，一个统治了64年？伊丽莎白，维多利亚，两个名字加起来岂不就等于大英帝国？当然，一个神秘主义的历史家可以面对这些巧合附会着阴阳盛衰的道理，一个靠着水德的帝国缺不了女性的君主，但是，帝国的基础其实却在比较而言极为平凡的配合上：煤，铁和水。伊丽莎白在无意中得到了水上霸权，维多利亚也在无意中得到了利用煤铁的工业霸权。

维多利亚刚庆祝过她18岁的生日，很疲乏地一觉醒来，皇位正在轻轻地打她的房门。她披着软绸的睡衣接受了帝国的宝座。这是1837年6月20日清早5点钟。这时候，科学已经把实用的技术带到了人间；瓦特的蒸汽机（1765），倭克瑞脱的纺锤（1771），卡脱瑞脱的布机（1785），富尔顿的汽船（1807），斯蒂文生的火车（1814），都已经替工业革命预备下一切必需的条件。维多利亚女皇坐上皇位时，英国12哩的多灵顿到斯多克顿的铁路已经通车。在她21岁生日的时候，电报也发明了。她无意地接受了科学的礼物。这礼物也出于她意料地带给了她一个历史上最大的帝国。

科学的技术在铁和煤丰富的地区结成了工业。工业需要原料和市场。水上的来往是最便宜的运输，海外的原料从各处输入这19世纪的工业中心，工厂里制造出来的货物，又从水上运到了世界各地。贸易是帝国的主要活动，国旗跟着商业插上了羊毛产地的澳洲，棉花产地的印度，黄金产地的非洲海岸，水上霸权这时不只是帝国的光荣而且是帝国的财源了。谁能说英国不是在无意中产生了帝国？他们有意的是商业，无意的是帝国，可是从此帝国和商业又就分不了手。

帝国挡住了前程

19世纪的中叶，英国的商船已经在军舰保护之下，驶入了世界每一个港口，在事实上帝国已经成熟，尽管有小英国主义的格兰斯东拒绝收生，还是延迟不了它的诞辰。1876年春天，狄斯累利为英国购得苏伊士运河的翌年，又把印度女皇的冠冕加上了维多利亚的头上，似乎是无法逃避地走上了这命运已注定的路子。狄斯累利怎么不明白他给英国一个重大的担负，他又怎么不明白格兰斯东在耳边响亮的声音："这样的帝国是必然会瓦解的。"他不能不向巴力门里为他欢呼的人说："你们有了一个新的世界，新的势力，也有了一个新的、也不可预知的目标和危险要你们应付……英国的女皇已成了东方最强的主权了。"欢呼的声音掩盖了危险两个字，英国多少青年的生命从此将埋葬在这两个字里。70年后，这危险却暴露了，而且竟是一个全人类要共同应付的危机。

格兰斯东所预言和狄斯累利所暗示的危机是什么呢？他们知道大英帝国的基础并不是健全的。煤、铁和技术并不能由英国独占，工业会在世界各地发生，会超过工业的老家；而且英国工业的原料和市场却又远在海外。生产原料和购买英货的人民大多并不是英国人，要保证原料的获得和市场的稳定，英国必须永远维持它的霸权，不但在海上不能有敌人，而且在海外要有武力去保护没有别人敢于争夺的原料和市场。换一句话说，大英帝国必须有殖民地的维持。赫斯克逊早就说了："英国是不能小的，她必须维持这样子，不然就没有她了。"

危险就在这里。维多利亚时代的膨胀是值得骄傲的，但是这却把英国置上了没有退路的绝地。它能永远占住水上的霸权，保持住殖民地，光荣是它的，不然，它就完了。这是每一个帝国的首相所不能或忘的格言。狄斯累利创造了这局面，麻烦了接着他当政的每一个首相。而且这局面也愈来愈严重，因为英国没有独占煤铁和技术的可能。科学没有国界。它抵触着英国的愿望，在世界各地兴起了工业。每一个工业国家的兴起，都成了大英帝国的威胁。这威胁造下了帝国维护者的备战心理。丘吉尔在1924年就明白地说："人类的故事是战争。除了简短的，朝不保夕的插曲，世界上从来就没有过和平；从历史开始以来，屠杀性的斗争是普遍的，而且是不会完结的。"

在这种无可退守的境地作战，英国自从获得霸权以来，从来不能容忍一个可能超过它的强权出现，当法国要抬头时，它立刻去扶持德国，当德国要抬头时立刻又去扶持法国。这种外交使欧洲永远处于分裂和萎弱的境地，英国的霸权才能确保不替。一直到1939年，这种基本的权力平衡还没有改变。可是以分裂，破坏，压制，残杀，战争来应付大英帝国的危险是消极性的，而且我们可以说是逆流的，是和人类文明的进步相抵触的。人类并不能以维多利亚宫廷的光辉为止境，这并不是文明的极点，亿万细民还在穷困、恐怖中喘息，人类还得使每一个人都能享受维多利亚宫廷里的华贵和风雅。这却不是大英帝国所能许诺的世界。我们不能不承认英国在人类文化中的伟大贡献，科学，技术，民主，风度，哪一件不成为19世纪以来人民的模范；但是，它若一定要站在世界的前排，不能容忍别人争光，它也就成为文明的绊脚石了。我自然不是说英国人的心胸这样狭小，英国人从个别来说是最能尊重别人，容忍别人的，可是他们为了帝国地位的安全，却又是"无意"地着着走上和他们风格不合的方向。每一个认真的英国人都避免不了这内心的矛盾，正如我一位很亲密的英国朋友所说："谁喜欢在印度这样搞下去？可是我们怎样脱手呢？"

另一新世纪在等待你

翻出这两次世界大战的历史来重念一遍，我尽管爱慕英国，也不能饶恕英国。英国人眼中似乎只有帝国的安全而忘了还有世界的和平，握有盟主地位的国家把世界和平放到了帝国安全的下面，战争是决难避免的。英国在欧洲以德制法，以法制德的结果，发生了这两次差一点毁灭了人类文化的恶战。英国在两次战争中得到些什么呢？战争并不能解决帝国的基本矛盾，只加深了格兰斯东所预言的危机，在殖民地基础上的帝国是总会瓦解的。

第一次大战结束，大英帝国并没击溃威胁它的新兴工业势力，相反地却促成了东西两个新兴工业国家，美国和苏联。美国的不景气和苏联的被冻结，固然暂时缓和了当时的严重冲突，但是，第二次大战中，这两个工业国家的潜力却表现得使英国战栗了。何况，战术的发达，水上的霸权，并不足以保卫岛国本部工业的安全。空中降下的破坏使海峡的天险失其效用。英国在第二次大战中工业设备的破坏是致命的。它是以世界工业中心的地位起家的，现在这帝国最主要的本钱却丧失了。工业的基础已经由煤和铁转变到了汽油和化学品，武力的基础已从水陆平面转到了立体空间。这转变使大英帝国的基础翻了身。科学和工业造成了大英帝国，也是科学和工业使大英帝国式微和没落。

人是会被过去的光荣所迷惑的。承认丑恶的现实需要勇气，而这勇气却不是被过去光荣所迷惑的人所容易得到的。过去的半年里我在等待英国人民的觉悟，可是传来的消息却常常相反。英国的安全，现状的维持，还是他们不易的政治课题，而且，题解的方程式却还是那传统的分裂，牵制，压迫和战争。这方程式已使人类濒于危境，继续使用下去，除了毁灭还会有什么呢？

若是英国还是在旧公式里看世界，它怎能不觉得前门送狼，后门迎虎呢？隔着大西洋的美国，工业的膨胀已完全压倒了英国，而且超越的距离又这样远，英国实在已望尘莫及。所幸的，英美之间还有血浓于水的传统；美国的势力也还没有伸入帝国心脏的地中海和印度洋。两国正面冲突在短期内不易发生，但是经济上的矛盾虽则潜在却并不轻浅，这次美国对英国的借款中已充分表示了这矛盾在作祟。

大英帝国直接的威胁来自另一新兴的工业国家。这国家不但毗邻于地中海的生命线，而且具有煽动殖民地反抗的魔力，那就是苏联。今后工业和武力的血液是汽油。大英帝国的油库却在中东，正处在苏联的门口。苏联在另一种经济制度中工业发展的速率是惊人的。在10年之后，没有人可以预料它的生产力会达到什么程度，而且，它发展工业的原料，靠了它广阔的领域，竟可以大部分自足自给。这个新兴的工业国家若容它发展，无疑地将是大英帝国无法收拾的竞争者，也可能是帝国瓦解的执行者。若是要维持"英国是不能小的"的话，这个帝国心脏里的刺自得及早拔除。丘吉尔的使命就在这里。

丘吉尔和他的承继者做着一件劳而无功的苦差。拔除了法国，产生了更强的德国；拔除了德国，产生了可能更强的苏联。即使拔除了苏联，谁知道不会又产生一个比苏联更强的国家呢？这不是办法。英国并没有做战争制造者的必要，只要它在另一逻辑里打算他们的前途。

我是爱慕英国的。我也相信英国人民有着他们卓拔的才能。我永远在盼望他们的才能不必在战争里求表现，而在人类共同的幸福上谋发展。同时，我不但希望而且相信，这转变方向的时机已经成熟，只要英国人有自信，他们的光荣不必建立在武力上。

英国所需要的是原料和市场的稳定，英国的生命线不是在哪一个交通线，而是在能自由运输的商业。商业本是买者和卖者双方有利的事。有无的交换，本是应该以和平为前提，同时也是和平的保证。英国不幸在早年的贸易上发生了殖民地制度，结果把商业和武力混在一起，——若没有殖民地的支配权就会不能和其他工业国家相竞争。这在目前也许是事实，可是这事实的发生却是在英国用特权来保障了工商业，使工商业不必在技术的改进上求稳定，于是结果反而阻碍了技术的发展。没有特权就会丧失市场，造下了饮鸩止渴的悲惨局面。特权是会使人中毒的。要得到新生，毒素必须取消。

在这个时候放弃特权，可能是艰苦的，尤其是他们的工业方经战争的破坏。但是这特权又怎能和平地维持得下去呢？若是妄想从另一次战争中去求出路，那时，即使再度胜利，处境必然比目前更为困难。英国人民必须下定决心，就在这个时候放弃特权。

英国若是放弃了以武力来维持的贸易特权，他们必然是主张国际和平的重要力量。他们岛国的环境规定了他们得在制造业中求经济的繁荣；他们因之必须从国际组织中谋原料的公平分配，以国际力量求贸易的自由，所以成了国际组织的热忱维护者。他们也因之可以成为另一新世纪的柱石。英国的光荣不在地图上而是在历史上。他们既已领导人类进入过一个新世纪，为什么要轻易放弃另一个新世纪里的主角地位呢？

英国人民是有远见的，即使迷惑一时，必能及时看到他们新的使命。我为了私情的依恋，更使我不能不这样寄托我的希望。帝国的结束不是英国的屈辱,而是英国光荣的再造。英国的雄心不要再在已麻痹了的躯体中去磨折那骄傲的灵魂罢!解脱了这陈旧的躯体,还有个晴朗的天地任你翱翔。

1946 年 4 月 5 日

途 中

欧太太的烦躁

"护照,护照,海关,海关……"欧太太遏制不住她烦躁的心情,带着诅咒的口吻,把她疲乏的身体斜倒在机场休息室里的沙发上。穿着便服的一个海关职员并没有注意到她不耐烦的表情(叫他怎么会注意得到呢,除了这种面貌他在这里会见到些什么其他的表情?),机械地递给她一张油印的通知,用法国口音的英文,说着他一天不知道要说过多少遍的习惯语:"赶快去报告你带了多少外国货币。"欧老太太失去了原有的礼貌,把这通知,当着那位职员的面,向手边的小桌上用劲一抛:"上帝,我受不了这些了。"那位职员一点也不见怪,不怒,不笑,移转到另一个旅客的面前。

我自然很同情欧老太太。我们是半夜 2 点钟在开罗的旅馆里被叫醒的。为了护照,海关,一直到天亮才起飞。旅客们已经不高兴,若是 5 点钟飞,为什么要剥夺我们两个多钟头的好梦（睡觉在长距离空程旅行中真是分外甜香）？到了马赛，太阳还没有下山，多少对法国怀着幻想的人，很想在这南欧的晚秋有个闲散的黄昏，甚至像电影里一般逢些奇遇。尤其是那些在热带的沙地和丛林里告假还乡的兵士们，带着一说起法国就会吃吃嬉笑的渴望，被护照和海关耽搁在休息室里，确是件很为难人的无聊事。夜幕在海面上下降，这恬静的晚景对这些不耐烦的旅客是无关的。

到旅馆吃完夜饭，已经8点。欧老太太特别放大了嗓子和伙计说："对不起，没有小账，你们政府不给我换钱。"这一晚她连酒都没有喝，气愤愤地回房了。10多小时的飞行，5小时以上的耽搁在海关上，怎能使她对马赛有一丝好感呢？

马赛是我们在路上第四个歇夜处，也是最后一个。疲乏和烦躁已经超过了一个普通旅客可以忍耐的极限。退任回家的香港警察局长，那位富于幽默的老先生，偷偷地问我："你还有勇气从空中飞回去么？"我摇了摇头，等一等接着说："若是孩子们等我过圣诞节的话，没有勇气的人，也会上机的。不是吗？明天你到家了，圣诞节还有好几天哩！"他笑了。他看了欧老太太一眼："假若你觉得路上太寂寞的话，回去时坐在这位太太旁边就是了。2月初，你准会在这原机上听她说再也不坐飞机的话。"

不错的。人是无法拒绝这种新的工具，不论这新的工具带给人的是烦躁还是满足。

是时代所带来的

世界上哪一个角里找不到欧太太的烦躁?

没有人想和欧太太作对。这点我很愿意保证。欧太太有事要早一点从远东到西欧,两个月里打个来回。几十年前是个幻想,现在已是事实。再急一些,一星期来回也做得到。看了试验火箭的新闻片后,谁也不敢说,不久以后,广寒宫的摄影不会列入旅行社的窗饰里招揽游客。自从原子能被利用了来做武器,没有人可以对于这"无穷可能"的人类文化再作会停留在某种阶段上的预言了。不是上天,就是入地。繁荣和毁灭之外似乎已没有其他选择。就难易说,入地有捷径,上天却无便道。我曾听过 BBC 念 John Hersey 所著的《广岛纪实》。入地的捷径在这里描写得清清楚楚。一个城市怎样在刹那之间化为灰烬。可是一说到上天,这历程的艰难,已使每一个魂灵在战栗。欧太太的烦躁不过是微之又微的一端而已。

我很想安慰欧太太,所以曾这样说:"我们是坐了飞机在为海运所组成的机构里穿行,怎能不发生无谓的摩擦。"欧太太是有礼貌的,很轻快地能用微笑来原谅我因语言的困难所说出她所不太能了解的话。她的微笑每每使我不很舒服,我感觉到人和人间个别习惯所树下的障碍,也许就是这类障碍在阻挡着人类的上天之门。

"欧太太,你是什么时候去香港的?"我补充地问她。

"20多年了,那时我是最喜欢旅行的。我曾回国过好几次……"她有一点感伤。我知道她丈夫是死在日本集中营里的，旧事重提，徒然使她眼睛潮润，所以赶快打岔："那时护照、海关不会这样麻烦人吧。"

回忆使她诧异，护照，海关，似乎在战后才引起她的厌恶。"不，不这样麻烦。坐了几天船，船靠了岸，到了一个新码头。停上一两天，一路玩玩，买些土产，海关上的人也客气得多，好像一下就弄好了。我们不带东西上岸，海关上只看看护照，打一个橡皮章子。至少我不太觉得这是件令人厌恶的无聊事。"她沉默了，也许她感觉到人事已非，心情难复。或是她又想到了上一天和我所说的：战争是疾病，病后的世界，人心已经和以往不同。可是她至少同意，护照，海关，这一套入境手续是由来已久，但是从来没有像这次旅行一般引起过她如是的厌恶。这套手续的麻烦似乎并不是在它的本身，除了新添的那些关于兑款的节目，重要的关键是在飞机。飞机速率使旅程所需的时间缩短了。海运时代一星期才穿过一道国境，现在一天可以穿过好几道。以前偶然遇着不讨人喜欢的面孔，现在一天要碰上好几次。以前可以用时间来冲淡的烦躁，现在却被飞机的速度所累积了。以前受得了，或是可以耐得住的，现在却成了不易承受的了。以前隐藏的，现在显著了。时代在前进。

"欧太太，你觉得入境手续是多余的么？"

她想了一想："也不能这样说，除非没有国界。"

"你以为这是可能的么？"

"我没有想过。"

"那么，旅行的麻烦是注定的了。"

欧老太太是现实的，并没有幻想过遥远的可能性。遥远，在她是曾这样觉得的，但是飞机的速率已经把这距离缩短了。因之她在现实经验中已初次遭遇了国界的麻烦。不论这是不是免不了的。她确是没有想过这问题，可是现在已不能说这是个不必想的问题了。

确是不太合理

天下一家，以前是一个理想，现在却成了一种需要，也可以说是空运时代人类生存的必要条件了。这个理想变成一种需要，原是威尔基先生在空中旅行之后才定型的。也许这句口号在我们传统的理想中太熟习，所以对我们并没有什么特别的刺激。我们可以觉得这不过是老生常谈。可是在西方的传统中，这却不然。现代的新秩序是诞生在四海一体的中古观念的否定中。列国的成立是新秩序的基础。主权的神圣，是带着宗教色彩的政治观念。第一次世界大战结束时所标榜的主义不就是民族国家的独立么？这主义最明切的表现是捷克的立国，马萨立克能在海外建国，看来像是奇迹，其实不过是这基本政治观念的具体化罢了。只有20年，世界确实变得快，高速的交通工具已动摇了根据这国家主权观念所建成的政治体系。

当然，天下一家，在很多人眼中还不过是一种好听的理想，可是让我们现实些，看看日常的问题，也许不难承认否定这基本概念的人是无法解脱日益加重的烦躁的。欧老太太不过是其中很小的一分子。

欧老太太是经商的。为了她要想在香港做生意,所以要坐了飞机到伦敦来订货。她心情在上飞机时已经不太好,为的是美国选举结果可能影响她的计划。有一天无意中我们谈起了美国选举的事。她很带感情地说:"美国共和党得了势可不得了。这些孩子们简直胡闹。"原因很清楚。共和党上了台,美国统制政策会放弃,物价会高涨,英国向美国的借款因之要打折扣,英国靠美国供给的货物要减少,尤其是农产品,英国会更缺少,于是英国在进出口方面一定要另做打算,根据选举前所计划下的方案不能不重新考虑,欧老太太的生意也受了影响。在她的口气里听上去,美国选举结果于她一定是不利的。

"不合理!"欧老太太自言自语。

"这有什么不合理呢?美国人的事美国人去决定。"警察局长在旁插了一句。

"当然,我又没有法子去投票。美国孩子们发脾气,赔本的却是我们。"欧老太太似乎很委屈,"我们没有投票呀!"

这两位都是标准的英国人。他们认为凡是有关于自己利益的事,一定要有争取的权利。这是英国民主的第一课。他们承认社会上利益是并不一致的。但是在决定一项有关于众人之事的政策时,不同的利益都得有机会发表意见。在选举票柜里称一称,谁票子多。这样,受损失的人才甘心。若是有一个集团不经过这个手续,硬要剥夺另外一个集团的利益,他们是不肯领受的。没有投票,没有责任。但是现在的英国人开始感受到一种外来的力量,这力量会决定他们的生活，而他们对这力量却并没有直接去左右的办法。这里有着一条国界，美国的选举是美国人的事。民主关在界线里，造下了这确乎不太合理的国际关系。这界线不但使喜欢旅行的欧老太太感觉烦躁，而且可以使她全盘丧失这次旅行的意义。曾经用来保护可以自足的单位的界线，进入了这个时代，却成了弱者的束缚。

我在马赛旅馆食堂里，望着欧老太太匆匆离座的背影，也感觉到了难受的烦躁。我冒着晚凉，出门溜达。人行道上堆满了黄叶。人影稀少，连咖啡馆里都寂然无声。无疑的，旅途里的烦躁将一直带到阔别8年的英伦了。我惆然回来，时已午夜。

1946年12月1日寄自伦敦芦叶寨

拉斯基教授没有败诉

伦敦经济政治学院四楼学生休息室到饭堂的走廊里，这天人特别拥挤。围着一个桌子，多少青年学生，很愤慨地在谈论。我挤进人群，一看，桌子上有一只匣子，匣子里有钞票，有银角子。匣子旁，用条椅子垫高了，贴着一张白纸，纸上写着 Laski Fund（拉斯基捐款）。耳边只听见"这真岂有此理，不公平"。

在前一天晚报上有着大字标题："拉斯基教授败诉，诉讼费15000镑。"学生情绪的激动和桌上的捐款，显然是为这件事发生的。

报纸造谣

去年6月20日纽淮克一张报上有下面一段关于拉斯基教授为工党竞选演说的报道：

暴力革命
拉斯基教授的答复

星期六纽淮克市场上，拉斯基教授演说时，他和戴先生有生动的对话。戴先生诘难拉斯基教授说："你为什么在战时公开地主张暴力革命？"拉斯基回答说，若是劳工不能在共同同意的方式中得到所必需的改革，"我们只有用暴力，即使是革命，亦在所不惜……英国必须改革，若是不能在同意中做到，只有用暴力了。从这位诘难我的先生的火气看，当暴力革命发生，他正是最自然的对象之一"。

那几天拉斯基教授到处为工党演说，保守党的报纸尽力地在找题目攻击他。这段新闻一发表，对于工党的地位很有影响。英国的传统是厌恶暴力的。他们最骄傲的是能用语言代替枪炮。若是当时的工党的执委会主席公开威胁选民说：你们不选我们，我们要革命了。英国人民的反应必然是"岂有此理"。于是保守党就有办法了。在大选的时候谁敢得罪选民？所以拉斯基教授立刻否认他曾说过《纽淮克报》上所记载的话。非但否认，而且认为这歪曲的报道是诽谤他。若是主张暴力革命而且公开煽动群众是有罪的，《纽淮克报》有意要加罪于他，他就以诽谤罪向法庭起诉。这案子到最近才开审。

在我们看来也许会觉得这是小题大做，但是在英国这确是个大题目。第一，这是一个富于政治性的问题。在用舆论，用选举票决定政权的民主国家，政党的立场必须明白清楚。工党是并不主张暴力革命的，这一点决不能给人民一毫误解。拉斯基教授是工党的台柱，他的政治主张不但是有关他自己的地位和名望，而且有关工党的前途。第二，也许更重要的，这是有关英国言论自由的基础，言论机关的信用。在以舆论来左右政治的国家，影响舆论的言论机关必须有最起码的道德，就是不造谣。若是所有报纸大家有造谣的自由，所谓"宣传攻势"，舆论将无所适从，将把民主政治从根翻起。为了要保障能以选举票代替枪炮来决定政治的民主基础，对于报纸造谣一事是绝不能轻易放过的。拉斯基教授既然没有说主张暴力革命，就该依法起诉了。

政治与司法

这案子一起诉，就引起了一般的注意，认为这是对现行司法制度的一个试验。第一，是试验司法是否独立，或是司法是否超越政治。这案子是发生在竞选之中。这是保守党想在舆论上打击工党时所采取战略上发生的案子，而且这案子很可以利用来影响人民对两党的看法。譬如说，若是在法庭上证明了拉斯基的确是主张暴力革命的，则不喜欢以暴力来革命的人就会厌恶工党了。这不是说案子本来是可以作为竞选活动了么？第二，另一方面看，现在执政的是工党，工党在这案子上是否会利用他们执政的地位去影响司法？

在这背景里，法官的处境是相当为难的。所以首席法官公开在庭上说："在一个富于政治意味的案子里，法官是最为难的，因为法官的责任是要不存有和不表示政治见解的。"可是英国司法制度却不能拒绝这一个试验。

法官的为难在英国司法制度中并不太严重，原因是为了要防止政治干涉司法，英国人民早就立下了很多预防的办法。在英国的历史上曾经因为那时的皇帝利用司法机构侵犯人民的权利，人民已在12世纪的时候确立了陪审制。益格鲁－萨克逊民族似乎是天生猜疑权力的：在他们看来，不管好人还是坏人，一旦握有权力，同样会被权力中毒，侵犯人民权利。所以不但治理人民的法律必须得到人民的批准，而且在引用法律来拘束个人时，人民也得参加。于是发生了陪审制。

陪审制的原则是这样：法官只负责法律问题，事实问题由陪审官负责。举一个例：我们若捉到了一个小偷，他究竟有没有偷东西，那是事实问题。偷了之后应当依法受到什么样的处分，那才是法律问题。在我们中国这两个问题都由法官决定。在英国，这两个问题是分清楚的。陪审官先决定了那个小偷确是偷了东西，然后由法官宣判他犯什么罪，关几天，罚多少钱等等。

陪审官是从人民中挑选出来的。事实上不能不限制陪审官的数目和资格。审判一件案子时普通的陪审官是12个人，在有资格做陪审官的公民中随意挑出来，目的是在得到对于这案子没有偏见的人可以公平的听审原告和被告双方的意见。要达到没有偏见的程度，关键是在陪审官的选择上。关于这一点已经有了避讳和要求撤换的办法。但是陪审官的资格上还是有问题。在英国，陪审官资格的规定是：年龄在21至60之间，有房屋或土地的财产，所住的房屋须每年纳税20镑之上（伦敦的资格定得较高）。另外还有一种特别陪审官，所需资格是：绅士，有学位的人，银行家或商家，住所纳税每年在100镑之上等。原告或被告可以申请要求特别陪审官陪审，换一句话说，可以要求更有地位和更有钱的人来做陪审官。

我们自然应当承认陪审官资格必须加以限制，我们也可以承认有钱的人教育程度高，不容易受物质上的引诱等等，而且依以往的经验讲，这些资格规定的结果确是利多弊少，而且经济情况困难的人也担负不起这无偿的公民义务。说老实话，没有人愿意多事的，何况是白赔精神又费时间的事，结果还要得罪人？因此，关于资格问题并没有受过太大的批评。

还有一点我们应当知道的是，在英国，打官司是件费钱的事。为了二三十镑的债务可以费去几百镑甚至几千镑的律师费和诉讼费。普通人没有这本钱去上法庭起诉。因为这个经济的原因，穷人避之惟恐不及，打官司的大多是富人，所以更谈不到请穷人来陪审富人们的官司了。

发生问题是从拉斯基的案子开始。

辩论和定谳

11月27日是拉斯基教授自己受被告律师询问的日子。拉斯基教授的口才是素来有名的，他的对手是著名皇家律师彼屈立克海斯丁爵士，这场辩论自然是英国历史上少有的精彩节目了。

被告律师把拉斯基教授所著的书大概都逐句读过了（不知费了多少时间），他摘录很多句子，想来证明拉斯基确是主张暴力革命。他念了一段之后，就问拉斯基说："你意思是说要叫资本家让步是不可能的么？"他要拉斯基说声"是"。一说是，他就可以说：拉斯基一面说资本家不让步，劳工会用暴力，另一方面说，资本家决不会让步。两句话一加起来，拉斯基是在说：劳工一定要用暴力了。可是拉斯基明白这圈套，所以向法官说："我是不是应该在断章断句之前说是或否，还是应当向陪审官解释我整篇的意义？"这一问使法官很为难，他只能回答说："我想你是有权利解释的，但是我不想把这案子变成个社会主义的讨论。"其实，即使拉斯基把法庭变成了教室，我也很怀疑这些陪审官会在几十分钟里弄得明白拉斯基一生的政治学说。所以，拉斯基只能很简短地说："我的看法是，社会和平的维持和暴力的避免是社会所应当趋向的最重要的目标之一。这是我加入工党而不加入共产党的原因。"这句话陪审官应该是听得很清楚的了，可是大概还是太深奥。

这两位舌客愈迫愈紧。

律师："在社会主义政党里也有特权的人物的么？"——这是讽刺工党的话。

拉："当然，爵士，当你加入社会主义政党的时候……"

律师："不要粗鲁！"打住了拉斯基的答语。

拉："这是在这世界上我所愿意做的事中最后的一桩。"

律师："也许要你客气是困难的，但是不要粗鲁。你对每一个人都不讲礼貌的，不是么？"

拉："我想并不如此。"

这位爵士拿了那本《当前革命的检讨》，问说："这本书的基本论调不是说在战争进行中是有机会实行同意的革命的，但是到战争一结束，这机会就丧失了么？"发问的目的还是我在上面所说的，要拉斯基说在英国只有用暴力革命才能达到社会主义。

拉："减少了。"

律师："我说：丧失了。"

拉："我说：减少了。"

律师："你不接受丧失两字么？"

拉："不接受。我说减少了。"

拉斯基教授并不认为在社会的改革中暴力是必须的，但是他并不否认暴力革命的可能。他像其他的英国人一般希望政治中没有暴力这成分。他和其他人不同的是在他看来，若是资本主义的国家不自力更新，在和平的同意方式中求社会主义的实现，暴力革命可能不易避免，所以他要求资本家顾全大局，自己退让。他说得很清楚，英国政治的特点，就在握有特权的人能在革命前夕自动放弃特权。他所主张的是：现在社会主义已不能避免，希望不必发生暴力革命。念得懂他书的人，决不会误解他的一片婆心，主张和平。但是被告律师却断章取义，使没有和念不懂拉斯基著作的陪审官有一个印象，他是主张暴力革命的人。

拉斯基教授一定忘记了听众并不是他的学生，经一阵辩论之后，他冷冷地说："这是诊断，不是警告。"在这些陪审官看来，这两个名词有什么不同呢？

拉斯基教授败诉了。陪审官在20分钟之内回答法官说：《纽淮克报》所载是正确的，于是这和事实不合的记载被断为不是谣言了。拉斯基教授非但不能得到诽谤的赔偿，而且要付1.5万镑的律师费和诉讼费。

法官在陪审官定谳之前声明了几点：他认为在竞选中报道演说是报纸对于国家的责任，在热烈的辩驳里感情激动和有意气的话是难免的。而且他说，"诘难是有趣的，对此我自己也并不是外行。"他知道在争着发言的情形中，记录是困难的，但是并不应因之歪曲事实，记载演说的人没有说的话。至于拉斯基教授在书里用暴力用革命等字眼和讨论这问题，那是他当政治学教授的责任。就是他说了像报上所记的话，也并不能说他煽动或是危害社会安全，他说："法庭不知道陪审官的政治意见，这是对的。但是大家得记住：无惧地和有力地说出他所喜欢说的话是英国人的权利。不论他们（陪审官）怎样不喜欢一个人的意见，不论这意见怎样和群众或政府不合，这意见决不应构成这人唆使的罪名。"这说明了拉斯基教授败诉并不是拉斯基教授言论的不当，只是说《纽淮克报》并没有诽谤之罪罢了。

改良司法制度的要求

伦敦的报纸天天把辩论的详情发表。除了12个陪审官外，有着无数的人在庭外"听审"。从所发表的辩论来说，被告并没有提出充足的证据可以使庭外的听审者感觉到拉斯基教授的确在演讲中说出了报上所记的话。这是伦大的学生议论哗然、感情激昂的原因。根据大多学生们的看法，这个对司法制度的试验，证明了英国的司法制度还是受政治的影响。这影响并不是出于政府的压迫，工党政府始终没有对这案子表示过一丝意见；而是出于陪审官的资格，使有钱的人左右了司法。让我补充一点，拉斯基的案子是应被告要求由特别陪审官陪审的。特别陪审官的资格是住所纳税每年要在100镑之上，那是属于上中层阶级的人，是保守党的后台。

以往陪审制度的确已把私人间偏护的因子尽可能消除了，但是因为陪审官资格的财产规定却把阶级间的偏见注入了。在这个案子里，这弊病暴露得十分清楚。

拉斯基教授的败诉引起了英国人民对于现行司法制度的检讨。依12月6日《标准晚报》的报道，英国政府已决定组织调查委员会研究这个问题了。他们将对陪审官的资格，尤其是特别陪审官的资格，加以检讨，是否会影响陪审制所要达到的公平原则。很可能会提出修改的办法来给国会去立法。

修改司法制度是拉斯基教授败诉的可能收获。他的名字可能在英国司法制度史上占一个光荣的地位，但是这位穷教授当前的问题却是怎样去交付那笔惊人的诉讼费和律师费。他即使每星期写一本书，也不能在短期内还清这笔债务。工党能替他什么？可能性并不大，因为工党不会愿意直接参预这件案子。他们是在朝党，多少要避一点讳。于是有拉斯基捐款发生了。同情拉斯基教授的人，捐钱帮助他清理这笔冤枉钱。这办法不但在经济上替拉斯基教授解决了困难，而且是对现行司法制度一个有力的控诉。舆论的表示也可以促成司法制度的改良。

看着到食堂去的廊上学生的情绪和桌上的捐款，我觉得拉斯基教授实在并没有败诉。

1946年12月8日寄自伦敦芦叶寨

英雄和特权

3日下午4时，我在国家艺术馆的前廊里等候一位朋友。前廊面对屈拉法尔加方场。方场中间高耸着一个华表，周围伏着四只铜狮。我跟着华表举眼上望，表顶站着一个戎装的铜像。8年前我常经过这伦敦中区的胜地,但是似乎没有注意过顶上的铜像;我眼睛停住在这上边,自笑过去的粗鲁和匆忙。旅行是应当先读卷历史的。

这是海上英雄纳尔逊的铜像,屈拉法尔加是他最后一次击败拿破仑法西联合舰队的地方。为了纪念这奠定英国百年海权的大功,在这一面通皇宫,一面通巴力门(英国国会)的方场上筑此纪念华表,把这次海战中的巨炮熔铸成四只雄狮,匍伏在这华表周围。

当我在意味这一代英雄的威望,百年帝国的雄姿,再想到当前英国的处境,海权的萎缩,不免感到"而今安在"的喟叹时,久等的朋友在背后拍着我说:

"纳尔逊的时代是过去了。"

我愕然。

"不是么?"他指着东面的白屋街底:"在街那头,正在讨论要停发纳尔逊的恩俸。这是工党的得意之作。"

巴力门里

3时41分,财长唐尔登在下院站起动议,屈拉法尔加财产案两读。他说:"这是项很短和很简单的案件。但是我在报告这法案的内容前不能不说几句有关这案历史和感情背景的话。这是件英国历史上富于感情的事迹。有位著名的史家曾说,纳尔逊天才的英姿带来了不列颠水上的英雄时代,安定了帝国威震全球的海权。这伟大、勇敢的水手能屡次睁着眼睛面对危险的降临。他三次大捷,尼罗河之捷,哥本哈根之捷，屈拉法尔加之捷，奠定了英国海军无敌的传统，一直经过19世纪，到两次击败德国后的今日，永维不坠。纳尔逊挫败了拿破仑征服三岛的雄心，和现在我们的三军挫败希特勒同样的雄心前后媲美。回观往事，我想我们能说纳尔逊胜利的收获实在远甚于拿破仑。"

"1805年10月21日，胜利在望的顷刻间，他死在'胜利'舰船底的伤兵室里。他的水手把他安放在格兰威的'画堂'里，唱着哀歌：

'让这躯体埋葬在和平里，但是他的名字将长久地活着。

'千古悠悠，没有减弱这光辉，变改这荣耀，不朽的英雄。'"

"今天下午的讨论是有关于1806年的法案（纳尔逊恩俸法案）。我不知道这百世难见的英雄对这原案会有什么感想！这法案并没有实现他的遗嘱。他临终时的过虑，在他极大的痛苦中所念念不忘的，不是他的弟弟（在这法案中得到恩俸的人），而是他所爱的一位女士，和这位女士所生的女儿。在那天可纪念的胜利日的早晨11时，纳尔逊悄然回到他的案头，发布应战的命令。有一个水兵把哈密尔顿太太的画像从壁上取了下来，纳尔逊向他说：'小心这天使，我的护神。'他在那时写下了他的遗嘱：10月20日，1805年，当法西联合舰队已经在望，敌我相距10浬的时候……我将遗下爱眉，哈密尔顿太太，托付给我的皇上和国家，相信他们会给她充足的供给以维持她的地位。我也将把我的义女华瑞夏托付国家。这是我在这即将献身之顷，对于皇上和国家惟一的请求。"

"他在案头和这遗嘱一同留着的是两封信，一封是给爱眉，一封是给华瑞夏。"

永远不缺乏诗情雄辩的巴力门里，又一度振荡着历史的爱慕和遗恨。财长唐尔登趁这感情的高潮，轻轻一转，他念了一段史书的记载，似乎为这不朽的英雄申诉不平，因为他的遗嘱并没有遵守。这西方的虞姬在英雄死后，潦倒一生，客死异乡。她的坟地曾被用作堆放木材的场所。她的爱女，纳尔逊的骨肉，下嫁平民，湮没无闻，死而无后，真是一片凄凉。英国皇上和人民为什么这样薄情呢？不是的。国家从1806年起每年付出纳尔逊恩俸5000镑，还有几百亩的地产和宏大的广厦赏给这英雄的后裔。纳尔逊除了这华瑞夏外并没有子息，而这女孩却又是法外的收获，所以继承这厚恩的却是个平庸无能，不相干的弟弟。

唐尔登请求国会在现有继承人死后把这恩俸取消，把地产收归海军部。这并不是说纳尔逊的功绩已被遗忘，这点现任财长很小心地一再申述，只是要使纳税人民所有的负担得到最大的代价。他建议这笔钱将用在实际能发扬纳尔逊精神的事业上。

合理的成了不合理

巴力门内几百议员费了整个下午，热烈辩论这只有5000镑一年的账目，岂是表明这帝国的匮乏，门第的破落么？不是的。英国可以费几十万镑向各国去聘请学者来观光，绝不会吝啬这5000英镑的恩俸。岂是英国厌恶战事，想把这争霸的偶像打倒，另立英雄的标准么？不是的。英国虽则并没有像美国一般把胜利将军捧到天上，横行一世，但是对蒙哥马利的敬慕还是超过罗素和拉斯基。他们在这5000镑的恩俸上大做文章是为什么呢？在我看来这是日渐雄厚的平民势力在向传统的特权阶级挑战的号角，同时也反映出英国在这次战争中基本态度上发生的转变。以前认为合理的，现在被认为不合理了。在纳尔逊的故事里，现在的政府找到了很可以借口的把柄，反对党的议员看得很明白，所以紧接着财长的声明立刻指出："这不是政府收支的问题，而是原则的问题。"

以前认为合理而现在认为不合理的第一项是为什么哈密尔顿太太得不到恩俸？在巴力门里公开地提到这名字是空前的。英国绅士们会觉得唐突无稽。这个不体面的女人！这种名字只能在小说上看到，历史上不该有份。她是谁呢？下面是她的简史：

爱眉是个铁匠的女儿，出身微贱，在乡下当保姆、婢仆之流。年方二八的时候，她出现于伦敦街头，行为暧昧，姿色可人，结果是做了一个弃儿的母亲。丽质难掩，又入侍某放荡的男爵。在她刚要生第二个孩子时，被男爵的家人逐出。可是在这豪门居住时，曾获识了个冷矜自负的青年，格兰维尔。爱眉却一见倾心，愿托终身。一旦被逐，就投奔格氏。格氏在伦敦辟屋藏娇，教以歌舞。在这个时候，她和画家隆乃相值，惊为绝代美人，替她绘像，至今留传。想起来，爱眉之美确是没有疑问的。可是自持颇甚的格氏，明白此娇难藏，供奉不易，所以假装游历，把她引到意大利，交给了他舅父哈密尔顿爵士，当时的驻意大使，自己却溜了。爱眉只能在老绅士前强颜承欢，逐渐由姬妾而成为夫人。芳名日高，出入宫廷，飞上枝头变作了凤凰。1798年，爱眉37岁，徐娘风韵之时，在大使馆接见刚从尼罗河凯旋回来的英雄纳尔逊。

正像是一回小说，英雄传记里缺不了美人。当爱眉一见这英名远播的海上枭将，在一刹那间，她昏倒在纳尔逊的臂上。没有人知道这是否系爱眉的装作，但是这一倒，却结下了一段英国绅士们心里羡慕、口上难言的姻缘。在这次巴力门的辩论中，剑桥大学的议员还带着半同情半惋惜的口吻说："纳尔逊在哥本哈根战役中曾以一眼不明，漠视战令，难怪他对这位太太既不少又难隐的弱点熟视无睹。"在"既不少又难隐"的弱点中，也包括着爱眉已在肥胖中遗失的妖娆。但是我不明白的是，为什么中西无别，这项体格上的弱点，并不会阻挡历史佳话的发展。

两年后爱眉成了第三个孩子的母亲，惟一她可以自己抚育的孩子，就是华瑞夏。她虽则名字里有哈密尔顿，但是体格和面貌却泄露她真正的父亲，在名义上只是她的义父，纳尔逊。英国的绅士绝不吝啬他的宽容和体面。驻意大使和海上枭将始终维持着亲密的友谊。三个人时常在一起往来于欧陆。又二年，哈密尔顿爵士握着爱妻和良友的手，微笑而逝。

纳尔逊和他爱人同回伦敦，这一对没有名门底子的人物，很客气地被排斥在宫廷和上流社会之外。虚伪和架子本是维多利亚朝的遗风。阶级之分，尊卑之别，阻挡着社会的往来。英国统治阶级若是有长处的话，必然是他们当国家危急的时候可以退让一下。为了帝国，他们不能不起用这不太重视礼教的纳尔逊。纳尔逊在完成他的任务时，死了。他也明白，他对付法西联合舰队是有把握的，他所没有把握去应付的是这根深蒂固的英国传统。他念念不忘鼓励他，给他勇气的天使，他的护神，爱眉。他近于哀求的，想以他保护帝国的功绩来换取他爱人和爱女的前途。可是，这一个要价却太高了。纳尔逊漠视战令，可以原谅，但是漠视传统却不能宽容。他的遗嘱不加考虑地被独身的庇得一手压住，至今已141年。爱眉在纳尔逊死后，失去了整个上流社会的同情，被迫着走向赌窟。美人迟暮，抱恨终天，对现实既不能积极的反抗，只有消极的放纵。这更增加了上流绅士的奚落。爱眉负债累累，1813年被拘入狱。后来逃狱去法，客死异地。

这是传统的英国所认为合理的结束。一个乡间的少女，依她的美貌可以被爵士们玩弄一时，若是忘本妄求，就该受到残酷的教训。对国家的功绩尽管大，变不了这传统的逻辑。

这传统经历了多少世纪，一直到这次大战的结束，才发生动摇。一个社会的真正改革，不在换个国旗，也不在换个宪法，而是在每个人的心上，以前认为合理的被认为不合理了。纳尔逊死了141年，没有人想到过这位英雄在地下死未瞑目。高大的华表，雄壮的铜狮，丰厚的恩俸，一切面子都给他了，但是他在遗嘱上所要求的一点却很有礼貌地被抹煞了。

代表平民的工党并不是吝啬这5000镑一年的开支，而是在道德上有责任去否定这传统的逻辑，去揭穿绅士阶级的虚伪和负义。让人民看看以往的统治阶级是怎样薄待保护国家的英雄。巴力门内能公开在道德上打击英国绅士的假冒为善，这是初次。它表示了英国社会本质正在蜕变。人们不应在假面具背后活动，体面是次要的，因为人还有感情，有爱，有人性。平民政治的抬头，使英国人接近了人性的标准。

特权的剥夺

在这下午的辩论中，我们不但可以体味到绅士标准的被否定，而且一个新的标准已经出现。工党的议员强调地说，我们并不是吝啬这5000镑的恩俸，但是财长的责任是在保证人民所付的税，每一文都要用在发展个性，维护社会利益上。这5000镑的恩俸受益的是几个对社会无益的寄生虫，对于继承人没有好处，对于纳税人是一项没有意义的担负。

这种论调是针对着整个特权社会而发的。对于有功于社会的人应当给予合理的报酬，但是把功绩变成特权，子子孙孙可以不劳而获，埋没了他们的志气，养成他们挥霍豪奢的习尚，那是不合理的。在英国，一方有传统的封建特权，一方又有从资本主义中产生的新特权。那些从祖宗手上遗传下来握有大宗股票的人,每年可以不必从事生产,坐收巨宗的息金,构成了阻挡社会前进的保守阶级。这不是特权是什么?英国的社会主义就在要确立"各尽所能,各取所需"的原则。

一点都不错,财长提出这停发纳尔逊恩俸的案件并不是为了要节省支出,而是要确立一个原则。什么原则呢?在我看来是社会上不准有继承的特权。保守党议员所争的也不在这5000镑,而是几万万镑英国特权阶级的权利。显然的,工党挑了纳尔逊恩俸作为题目,一个最容易表现特权的不合理的题目,来确立废除特权的原则。从这意义看去,巴力门费半天去辩论似乎还太短了一些。

有一个议员很幽默地说:"我们讲到纳尔逊的时候,不应忘记他的胜利并不是他赤手空拳得来的,船上还有不少水手拼过命的。"他接着说:"我并不过分对哈密尔顿太太抱不平。这里还有人可以告诉我们,她葬在哪里,墓碑上刻着什么字。可是那些拼了命的水手们的妻儿怎样呢?谁知道他们的坟地,他们的墓碑?"

社会主义是一种看法,一种态度,在这里表现得很明白。传统的看法是个人英雄主义,历史是少数人创造的。没有人想到希腊罗马的文化是无数奴隶日夕劳动积累出来的一种表现。只看见花,不看见泥土。因之,社会的报酬属于个人,属于少数的人,构成特权。表面上看似乎很合理。但是要花开得好,不应该把它剪下来,放在花瓶里,而是应该多加肥料在泥土里。特权的报酬是剪花的方式。社会主义是浇花施肥的方式，有好泥土，自会有好花。

唐尔登在他的提案中虽则没有明言将怎样把从屈拉法尔加地产上所得到的钱用在海军的福利上，但是工党的确在这次辩论中，把社会主义对人对事的基本看法再一度用具体的事实来说明了。在这次战争里的士兵和他的家属，生的或是死的，都可以因之放心，这个政府决不会像庇得一样做下这类张功李赏的办法来，而且也决不会使人再感觉到一将功成万骨枯了。历史的追述常是未来的保证。纳尔逊恩俸的翻案不是件玩弄古董性的消遣，而是确立社会主义的过程中，对特权原则和英雄观念的正面攻击。

辩论将告结束时，反对党议员又责问说："我能否询问财长为什么在政府曾屡次说过巴力门的辩论时候太少太宝贵之后，他会提出这个案子，消耗这许多时间？"

唐尔登站起，很沉重也很简单地答复："因为，在政府认为这是件重要的案件。"7点26分，该案两读以271：102通过。

这时我正和我的朋友在一家小饭馆里吃饭。我们还不知道巴力门内的结果，但是我的朋友却很坚决地说："这英国已不是10年前的英国了！"

1946年12月19日于伦敦芦叶寨

煤 荒

决定搬到南郊芦叶寨来住的原因当然很多,其中之一是我看中了书房里的大壁炉。伦敦的冬季是冷的,那我早知道。我特地挑定了这寒冷而且多雾的季节到这地方来,除了怪癖外,似乎没有多大理由可说;一定要找个理由的话,可以说是我很爱闲坐着,在炉旁看火焰。窗外的浓雾使人很安于室内闲坐;炉前凝视,别有滋味。芦叶寨在郊外,平民的居住区,没有现代的暖气设备,还留些壁炉,动了我的心。

我搬来时,房东太太问我要不要装个煤气炉,或是电炉,我最不喜欢这些"烤鸭"的小炉子,不但煤气炉的味道不好闻,点着的时候,砰砰呜呜地像开火车,而且,背上烤焦了胸前还是冷,所以我拒绝了。"我喜欢烧煤。"房东太太很尊重我的意思,每天替我引火加煤。我很得意。

圣诞节前后的一个星期,英国的严冬开始了。招待我的主人知道我有喘病,受不得冻,加紧地去请求"课榜"。带着我跑了三个最大的公司,在这严冬降临之前,总算买到了一件厚大衣。不然,我这个在昆明养娇了的身子,大概早就客死异乡了。入境三星期就买得到一件大衣,多侥幸?"毕竟是上宾",朋友们羡慕地说(英国衣食迄今限购,连黑市都难找)。可是运命还是不佳,房东太太有一天晚上,很抱歉地向我告罪说:"煤完了。我们起坐室里已经一星期没有生火。先生的书房里的火也不能再生了。下个月也许有希望。"我没法接她的口。欣赏火焰的怪癖竟要把这间书房冻成冷斋。

是的,几天前在报上看见奥斯丁汽车厂宣布若是煤的供给不能提高,即将闭厂的消息。我那时还觉那些报纸把这新闻做成头号标题是太不知轻重,谁知道燃料的缺乏竟会威胁到我的书房。

煤是大英帝国的基础。这个帝国十足是建筑在煤基上的。现代工业的开始是靠了煤。机器的原料是钢铁,要炼钢铁一定要煤。煤又供给机器的动力。就以近年来说,煤虽已经不是独占动力的供给者,但是全世界动力的65%还是靠煤,汽油只占21%,不到煤的1/3。在1910年,90%的动力是靠煤。所以在过去100年中,煤是决定国家财富和势力的宝贝。英国这个岛却正是一个煤库。储量上讲它固然占不上前5名(美、苏、加、中、德),产量上讲(以1937年说)也不及美、德,但是在历史上讲,它却是开发得最早,而且在这样一个小的区域里,有这样多煤却是世界上所少有的。

工业在这岛上兴起来了。在欧洲和美洲还和中国现在一般是农业国家的时候,英国的机器制造品已经在世界各地分销,国旗跟着插出去,大英帝国享受着工业的宝座,强权的光荣。可是这帝国的基础并不太干净。不但多雾的三岛,煤气氤氲;一片乌烟,笼罩这没有落日的帝国的心脏。而且,煤层里的工人们,生活里没有天日。英国每20个工人中有1个是挖煤的。英国早年工业是由劳工的血汗中培养出来的。工资低,生产成本低,利益大,资本从这个方程式里累积起来，才有今日。矿工的贡献最大。可是以血汗来培养工业，相当残忍，工人们对于煤，不会有好感。生活苦，兴趣低，效率小——也成了一个方程式，抵消了上面那个似乎有助于工业发展的方程式。英国煤矿工人每日出品的指数，1938年只有113（以1913年为基数），而德国在同年却高至164，荷兰高至201。

英国制造工业在组织上，因合理化的要求，固然日趋进步，但工业基础上的煤业却散漫无章。据战前的调查，英国1750个煤矿中，有706个规模小得只有50个工人。雇用500个工人以上的煤矿只有566个，其中只有45个雇用工人在2000人以上的。这许多煤矿又分散在许多煤业公司手上，有些公司只有一个矿，有的有近百个矿。这许多煤矿不但产量相差很大，而且生产成本也相差极大。大矿可以利用较进步的机器，小矿却没有改良设备的能力。结果，在没有统筹的市场上，互相竞争。成本高的地方只有压低工资，甚至被迫停工。英国煤量出产最高纪录在1913年，28700万吨。一直到现在没有超出过这数目。煤矿留不住工人，1913年煤矿工人超过100万，1946年却只有60万。当然英国煤业停顿和衰落的原因并不很简单。而且其他动力燃料的应用，使煤在工业里的重要性也减少了相当程度。但是我们也不应轻视以煤起国的三岛煤业停顿的意义。

战后的英国若是要复兴的话，工业的基础——煤业，必须加以整理，这是无法否认的至理。英国这三岛上没有油藏。现在所需的油都得从别处运来。这一点需要使英国不能不尽一切力量，不管别人怎样说法，去保持中东的势力，因为这里有英国惟一可以自由取给的油矿。同时也说明了英国的工业决不能再从石油上去求更大的支持。他们还得在自己国土上设法，尽力利用煤，这英国传统的保姆。

煤业国营是负有复兴英国战后经济责任的工党政府第一个具体的经济政策。煤业的停顿最基本的原因是业主分散，相互竞争，没有统筹的生产计划。关于这个弊病，英国的煤业也曾设法改良过：1930年国会曾通过"煤矿法"强制煤业设立一个机构，统筹生产、运销和价格，使矿工的工资能提高；后来又设立销售局，把各矿出品批发包购，然后分销各厂；1938年又通过一个法案，设法由国家来购取煤矿，但是成就不大。一直到战后，工党执政才断然采取国营政策。

工资提高，改良设备，使工作的困苦减少，再加上服务国家的观念，使工人可以对他们的工作有好感，增高效率。据政府统计的报告，自从宣布国营政策之后，果然已有很好的成绩。虽则政府接收煤矿要到今年1月1日开始。去年正月里每周产量是325万吨，到12月已增加到400万吨，做工的矿工数目1月里是62万，12月里有了64万。工人请假的频数，1月里是18.3%，12月里减低到13%。若是依这比率逐渐提高上去，可以希望达到每年25000万吨产额的标准。

工党的国营政策从煤业开始，成败也系于这一个试验。他们要证明社会主义是比了资本主义更能充实国民的财富。

每个社会制度有它一定的效率限度。资本主义的限度已到，所以若要提高英国工业效率，一定得改变这制度而采用社会主义的国营政策。这是个理论，若没有实际的证明，工党的政权是要动摇的。所以对于这政策的实行，工党政府自然要全力以赴。可是实行这政策是相当艰难的，因为工党挑了一个很艰苦的环境去试验这新的制度。当然，环境若不艰苦，他们怎么会有试验的机会呢？

煤是工业的食粮。英国的工业在战时，尽量的供应，把所有的储煤已经用尽，本质已亏。工厂大都要依靠每天每天的接济。战争一结束，英国债务累累；要还债，它得拼命生产，把东西运出去。这是说有多少生产力就得用出多少来，不能保养。有多少煤，就得充分地分发出去，推动这生产机构，不能节省存储。煤的产量固然有了增加，但是消费量也随着增加。生产和消费之间所留余地不多。有人说，煤区里若有一次轰动的足球比赛，就可以使若干工厂因缺煤而停工几小时。

战后工业复元，各业都竞争雇用工人。英国人力本已缺乏（在海外还有庞大军队没有解甲），各业的竞争中，煤业很不易占优势——工作本身又苦又脏；不需技术，没有前途；地方又不在都市，没有吸引力；传统的名声不好，当矿工不体面，工资也不及别业。1945年中矿工改业的有1.7万名，工党政府极力设法，在过去一年中，好容易才招得了8万个新工人。

还有一个困难是运输。挖煤已经要费力，可是把煤挖了出来，还得运出去。煤是个最笨重的家伙。英国在战时运输机构损失很大。车皮、车头的缺乏，使铁道运输力减低。汽车的运输更成问题。多年来所制造的坦克，现在一无用处。大卡车的生产已少，而且大多在海外做军用。运输力的减低影响最大的是那些笨重的家伙，煤自然最倒霉。

这许多困难，工党的政府正在集中了力量来应付，还有克服的把握。因为这些在事先可以看得到，而且可以估计得出，统计，计划，都用得上。估计不到或估计不准的有两端：一是天的阻力，一是人的阻力。

在英国是最不易讲计划的。因为他们有一个最拿不稳的对象，著名的雾。雾重的时候，10尺之外不辨人物。交通得停止，至少车子都得慢慢开。每个车站本来都有一定的时刻表，但是到了雾季，没有人再去看这有名无实的数字了。车子脱班是不足为奇的。工党政府讲求计划，就碰到了这天的阻力。

有人说工党挑定新年初一开始煤矿国营，犯了迷信日历错误，因为这是个最坏的日子。新年初一附近正是雾季中心。果然，圣诞节前后，雾来了。煤车停的停，脱班的脱班，闹出了煤荒。燃料部长辛威尔仰天长叹："我怎样能预测明天没有雾呢？"

人的阻力也不少。工党要实行社会主义，大多数的英国人固然全力拥护，但是少数反对的人却正是握着经济权力的大老板。英国人政治的道德固然高，代表经济权力的政党在选举失败后，乖乖地下了台，一天也不恋栈；但是他们也不是甘于失败的。他们知道若是工党的国营政策一失败,人民就会对工党失去信仰,于是他们又有上台的机会了。他们想打击工党,这是不成问题的。政府要煤矿国营,他们就得在合法的范围之内,难为一下政府。辛威尔在几个月之前早已声明,英国并没有储煤,所以要求每个厂家都尽量不要浪费燃料——"大家帮帮忙"的意思。若是厂家都能节省,都有一两个星期的储藏,天的阻力不致形成断煤之虞。但是厂家为什么要帮你这忙呢?他们有一定的准许的煤量,不怕政府不运来,煤不到,就嚷。嚷得响,也就使人民感觉到政府没有效率。奥斯丁汽车厂就是一个例子。雾重,路断,煤不到。厂家就宣布要停工了。他们说:"天气这样冷,我们的煤单够使工人不受冻,机器是动不成了。"工人们却回答他们说:"我们冷一点不要紧,多穿几件衣服,还是能做工,不要借口闭厂。"后来还是政府把煤运到了,才解决了这件纠纷。

离开国营的日子一天近一天,煤荒的声浪也一天响一天。在保守党控制下的报纸上,大字的标题,宣传煤荒,不巧的又是时逢佳节。英国人谁也不肯放弃圣诞节。矿工们劳苦了一年,这几天也该休息一下了。据说矿工有一种迷信,圣诞节下了矿,要倒霉一年。可是一休息,煤荒,煤荒,愈叫愈真了。这真使辛威尔食不甘味了。他不能要求矿工放弃圣诞,但是假如全国工厂真的因煤荒而停工,那不是给他煤业国营的开张吉日来一个下马威么?

英国的政治真是个足球比赛,在旁观者看来实在精彩。

英国的工业并不会因煤荒而停顿的。圣诞节的下一天,矿工们又在挖煤了。在重雾里，司机们忙着把这黑黝黝的宝贝，运到各个厂家。工人们知道国营政策会提高他们的生活。工党政府是他们的代表。煤荒的威胁反而增强了他们工作的意义。他们不但是在挖煤，而且是在发掘他们的幸福。代表自己利益的政策是要自己的血汗来保持的。辛威尔是矿工出身。每个矿工都知道他是自己人，怎会让他为难呢？新年初一，矿工已决定用工作来庆祝矿业国营政策的成功。这成了英国新政权表演的机会。

房东太太抱歉的告罪之后，似乎还有一些话要向我解释。我知道她要说的话："我们要让工厂开工，我们冷一些不要紧。"但是她知道我并不是他们本国的人，所以说不出口。

我点了点头，向她说："不要紧，我的太太和孩子在中国也没有煤烧，冷一些是应该的。"

1946 年 12 月 31 日于伦敦芦叶寨

为了下一代

没有笑容，没有激动

中年人的梦里多的是失去了的青春。青春不在，迟暮之感自会引起我们对过去的怀念，对当前的淡漠和惋惜，对将来的惆怅、恐惧和逃避。生命中充满着打击，丧乱，自信心逐渐销蚀的人，更容易触景伤情，发生这类的意境。到达这阔别10年的英伦之初，我在圣保罗大教堂前徘徊俯仰之际，看四周残垣断墙，一片疮痍，想当年巨厦华屋，石像雕栏，现已烟消云散，似乎象征着这百年帝国的残体。我料想华贵世家式微时节的子弟们，大概不会缺乏《桃花扇》余韵里的空虚情调。当我在一位牛津的旧友欢迎我的信上，读到这样一句话"这里的朋友们都盼望你来讲《庄子》"时，我似乎觉得我的料想大概有了着落。大英帝国至少已经进入中年了。

周末稍暇，我偕友到"高门"去重游我初到伦敦时的寄寓。房屋依然，但是人物已非。我退回车站，在一家以前常到的小茶社里去稍坐。人很少。我坐定了，向着掌柜的姑娘说："这是我10年前常来的地方。"我预想这一句多少带着怆感的话，必然会引起对方的惆怅。事实却不然。她很淡然地不经意地接口说："10年前我就在这里。"并没有笑容，但也没有半丝激动。好像这是件多么平常的事，好像这10年里没有任何可以值得提起的，可以挂得上久别的朋友们絮絮话个不停的遭遇。平常得很。我很有一点拘束，显然的，我所期望于英国朋友们的心境在他们的平民中并不存在。他们并不像我这样多感。我茫然了。

从英国的处境说，哪一点不类于式微的世家，久经磨折的中年人？丘吉尔在这次巴力门闭会那天辩论缅甸的独立案时，开头就说："当我们祖父的时代，人们都想早些起身，怕赶不上帝国领土扩大的官报，现在，相反的，迟起了会在梦里溜走帝国失地的消息了。"看看日常生活吧。住：炸坏的房屋每条街上都可以见到。据说10年之内要修葺这些房屋还赶不及，新房子更谈不到。吃：胜利后快要两年，限购制度非但没有取消，反而连面包都限制了。圣诞节前因为美国罢工，粮食部长本来打算连夜去美乞援，生怕每人每顿两片面包的供给都担负不起。饭堂里挂着"面包战争"的口号。衣：从鞋子起到领带，全得用"课榜"，每人每年有定数的课榜，用完了就不能再买。大体说来，一个人一年至多全身换一次。帽子没有限制，但是普通人却多是光头，头发留长一点来御寒。我不必一项一项地描写英国物质上的拘紧，总之，10年之隔已经在每一件生活的小节上感觉到了区别。

在这匮乏的事实前，为什么除了牛津的少数少爷们愿意听《庄子》之外，普通人并不抱怨，也不那样多愁善感，怀念过去的乐园呢？我在初到的时候，实在不知怎样解释。

街上没有了孩子的吵闹

一天中午，我坐在窗前闲看街景。伦敦的平民区我是相当熟悉的。10年前，我在家读了半天书，不用看表，只要听见窗外一片儿童的嘈杂声，就知道是12点了。因为附近有个小学，而我的窗对面正是一家熟鱼铺。孩子们从学校出来，就挤到这店里去买3个铜子鱼，带了面饽在油里炸出来的那么一块，和2个铜子洋芋。我也有时去买来吃，味儿当然说不上，营养也不比一块面包为强。孩子们在街上一面闹，一面吃，乱哄哄地使我没法再工作。因之，这种街景对我印象很深。这次到伦敦，熟鱼铺面前在中午时没有孩子们来闹了。我在窗前闲望时，看到了这一点差别。

房东太太刚有事来和我谈话，我就问她："你那位孙少爷中午不回家吃饭的么？"她很得意地摇了一摇头："这归学校管了，他们吃得很不坏，我哪里有精神来照顾他？学校若是不备伙食，还不是只能让他在街上买些东西喂饱小肚子就算了。现在他们花样多了，我也弄不清楚。什么维他命，什么钙质——你知道，那一套。孩子们回来说得头头是道。老师们每天还要按着什么科学方法喂他们哩。"

"要不要给钱的呢？"

"钱现在还是要的，6个铜子一天，6个铜子在家能吃些什么呢？孩子们中有些穷苦的，不给钱也可以。听说新的教育法案通过了，大家可以不必给钱了。一星期也要3先令，一个月不是半镑钱么？其实学校不止供给6个铜子的东西，每天每个孩子可以喝一瓶牛奶，不要钱。"

我本来打算在英国住几个月，养养身体，像我前年在美国一样，每顿喝一杯牛奶，两个月，我增加了5磅重。谁知道这次到英国一看，牛奶已受了限制，每天每个成人只有这么一点刚够加在红茶里。我当时想，大概德国的飞弹把英国的乳牛炸死了许多，那种笨重的牲口当然不会进防空洞。因之英国的牛奶出产减少了，不能不在消费上加以限制。听了老太太的话，引起了我的疑问。

"每个孩子在学校里有不要钱的牛奶喝,哪里有这么多牛奶呢?"

老太太并没有回答我的问题,她是不很管闲事的。她惟一的希望是买座房子,在战前她虽有这希望,但是没有这可能。可是战后却成了事实。为了鼓励人民修葺房屋,政府借钱给人去收买炸坏的房屋。房屋的修理费由政府担负。房主不过只是经营一下和添置一些室内设备就得。我们这位老太太就整日的工作,修好一间,出租一间,收了租钱,再布置另一间。一年来,全屋已经都修好,布置好。她很得意地觉得多年的梦想是完成了。政府是好的,她信赖它,投票时投工党,因为这政府给了她成为房主的机会。其他的事,她一样信任,也不很过问。她知道我对于教育有兴趣,所以说:"我有一位朋友,康利小姐,她在小学里教书。你要知道这些问题,我请她来喝茶,和你谈谈。"

和康利小姐的对话

过了几天,康利小姐来了。我们一同喝茶,以下是我们的谈话。

我:"我听说4月1号你们的新教育法案要实施了。这是你们这次战事的收获。恭喜!"

康:"是的,其实这新法案没有什么新的地方。很多改革方案早就立了法,也早就该实行。但是你知道我们英国人是因循的。非打一次仗,受了一次苦,才明白这些事应该赶快做了。教育改革法案在第一次大战时已通过了一次,是

1917年。可是实际成就很少，没有抓住问题的本身。我是说，第一次大战之后，英国虽则损失很大，但是没有多少人觉得当时的社会制度出了严重的毛病。可是这一次不同了。我们大多数人明白，英国若还是走旧路是会灭亡的了。"

我："你说严重的毛病是什么？"

康："我是小学教员，不很知道其他的问题，我所说的是关于孩子的事。以前我们说改革教育只是关于课堂里的事。我们觉得孩子们应该多知道些事情，品性上应该好好发展，但是我们并没有像现在一般感觉到孩子应当成为英国社会上最重要的人物。我不知道你能不能看得到，我们现在的确把一切希望都寄托在这些孩子们身上了。我们这一代的责任不过是过渡的，是保育下一代。英国的新社会要现在这些孩子们长大了去创造。"

我："你不是说，把国家大事交给下一代，你们自己没有把握去创造了么？"

康："也许你说得不错，像我这样年纪的人，已经完全觉悟英国旧有的一套是靠不住的了。至于理想，我们有。但是我们，又是英国人的性格在作祟了，并不相信把旧的推翻，新的自然会出现。新的得慢慢养成，像孩子一般。昨天我听广播，关于煤矿国营的事。那位燃料部长也不是说，我们现在着手，还得一代之后才能见效么？机器要逐渐改装，资本要累积，人才要培养。有效的工业基础，现在还是理想，要一步步向前走，才能实现。"

我："但是你不是也说，你们不能再耽误了么？现在就得动手？"

康："当然，在教育里也是如此。我们有理想，就是每一个英国孩子，不管他父母的经济情形怎样，都得依他的能力得到他服务于社会最好的机会。我们先得把这个原则实现了，其他社会事业才有基础。我刚才不是说这是战争的结果么？我们在战争里才认识人才的重要。说起来，真是我们的耻辱。我们入伍的年轻人的体格远没有德国的好。我们以前的社会把保育孩子的责任交给父母，同时又在各种方面降低父母的收入，结果孩子得不到应有的营养，身体羸弱。等到国家要他们去保护时，他们的弱点暴露了，差一点，我们几乎支持不了。所以战时政府在1944年就决定把孩子的教育问题好好地整理一下，才有现在的新法案。"

我："新法案的基本精神是在由社会来担负孩子们身心发展的责任么？"

康："一点不错。譬如说：我们在战时已经实行了学校供给牛奶的办法。要发展孩子的知识，第一步是使他们身体得到常态的发育。我不知道你已看见过一些关于这方面的报告没有，我自己就遇到过这类事情。以前在我班上有个孩子，不肯用心，捣乱，不交朋友，成绩很坏。我罚他，愈罚愈不成。可是自从供给了牛奶之后，这孩子面色红润了，脾气也变了，现在是我班上最好的学生之一。这真使我不能不相信孩子营养的重要了。我不是专家，但是我的经验是这样。"

我："我是很同意你的，但是哪里来这么多牛奶呢？大人们都吃不够，孩子们怎么能够呢？"

康:"这是我们英国在这次战争中最重要的胜利了,我们已经征服了自己的弱点。孩子的牛奶是我们大人们节省下来的。英国牛奶的产量其实并没有减少,但是以前是给有钱人喝完了,穷孩子们吃不到。现在政府限购了,先让孩子们吃够了,然后再分配给其他的人。我们固然希望大家有牛奶喝,但是在不能供给全体的时候,应该先给最需要的人去喝。"

我:"一个重要的原则!我们中国有所谓各尽所能,各取所需的古训。这是说物资的分配不根据财富,而根据需要。"

康:"这就是我们所谓社会主义。关于供给牛奶这事,不但是工党极力支持,保守党都赞同,因为效果太清楚了。现在你到学校里去看,孩子们的面色多可爱!去年体格检查已经证明,孩子们的健康比了战前已经大有进步。我们英国也许别的都退步了,但是孩子们的健康却进步了。我觉得那就成了。我们有希望了。我们的希望在下一代!"

嫩芽在黄叶底下

康利小姐有很多话和我说,好像从1947年起义务教育将要延长一年,一个孩子可以免费从5岁起读书读到15岁。我一面听,一面想,我的感想可走远了:什么维持了战后英国的士气?人不能老是在伤感中过生活。伤感一路通颓废,消沉,一路通悲愤,发泄。这两条路固然好像南辕北辙,但是有一点是相似的,那就是每个人生活永远不得着落。我虽没有到过欧洲大陆,从去过那里的朋友们口边听来,似乎就有这种情势。英国在战争里的损失固然浩大，人民的生活普遍地降落了，但是英国的特权阶级脑子里不单有个人的特权，还有一个国家的共同幸福。他们还珍惜英国文化里特有的作风，他们能及时退让。他们能把牛奶在自己口头省下来，交给全国的孩子去喝。他们增加所得税，收入愈多的付税愈多，这笔国家收入却用来改良煤矿，健全工业的基础；规定最低工资，保证工人阶级的物质生活；发展保险事业，减少生老病死灾祸的打击。最重要的一项，在教育法案的序言中明白说明，就是不使国家任何的灾难降到孩子们的身上。在战时，运输孩子们疏散的优先权可以超过军火。郊外所有阔人们的别墅全部征用给孩子们住。工党政府努力地这样做，不是迷信任何主义，而是维持人民的士气，让每个人觉得眼前吃一些苦是有意义的。生活一有意义，就心甘情愿地发奋工作了。人本来是个奇怪的动物，为了来世上天，却可以把现世的幸福舍弃。人是有将来的，因为他们愿意为将来而受苦。

我耳边似乎只有"为了下一代"五个字。也许是我那天累了，整天没有出街，显得又兴奋，又疲乏。康利小姐看我靠着沙发，不发一言地望着她，感觉到有一些不自在。她看了看手表，起身要告辞了。我也清醒了一些，跟着站起来。

"康小姐，我很想出去走一下，活动活动。"

"我就住在小学附近，从公园那边抄出去很近。"

我陪着康利小姐走到了小学校的门口。门口正停着一辆教育局的运货车。工人们忙着在卸货，有蔬菜，黄萝卜，鲜红柿，牛肉。康利小姐指着这车说："每天这时候，孩子们下一天的食物就送来了。厨房在学校里。听说曼彻斯特比伦敦组织得更好,全市有一个集中的大厨房,请了营养专家监督,每天要预备好几万孩子们的午餐。"

我笑了:"我可不愿吃这种大规模生产的伙食,根本没有味儿。"

康小姐:"你们自己不煮饭,有太太来侍候的人,自然可以讲究味儿,反正不劳你们的手,对不对?但是多少女子就为丈夫和孩子们的口味,关在厨房里了。我们现在正需要小学教师,不能不请你们这类丈夫们吃吃没有味道的伙食了。"

"我并不打算讨论我最不懂的妇女问题,但是为了下一代……"

"对了,你记住这一句话,就懂得我们了。"

运货汽车卸下了东西,又匆忙地开走了。这是英国复兴的保证。公园里满地是黄叶,黄叶覆盖着明年的嫩芽。

1947年1月4日于伦敦芦叶寨

悼爱玲·魏金生

"爱玲死了。"像是一阵严肃的煞风吹走了茶室里女同学们脸上的笑容。2月6日,本是英国妇女们得意的日子:29年前就是这一天,英皇宣布了妇女参政的权利。50年来不住的奋斗，得到了胜利。权利的获得却也正是责任的开始。还不到 30 年，为妇女们证明争取参政权利并不是为了点缀或嫁妆，而是为了要分任男子们服务社会责任的爱玲·魏金生女士，却就在 2 月 6 日与世长辞了。责任是重的，服务是苦的，爱玲就在这责任和服务底下，消耗了她的青春，抛弃了她的家庭幸福，最后积劳而死。三十而立，英国妇女的政治生活应该快成年了。在成年前夕，谁知道上帝是什么意思，一定要挑定这一天来警告已获平等权利的英国妇女，而且用那妇女运动最成功的榜样，爱玲的死亡来作此警告：要权利的不要忘记了责任，权利不但要人的生命来争取，而且要人的生命来维护。

爱玲·魏金生女士是现任英国的教育部长。我在上一次通讯中刚提起过英国怎样在努力去保育他们的下一代。若容我重复一遍，这努力不但表现了英国骄傲的魂灵并没有挫伤，而且使现有种种贫乏和艰难都成了过眼的云烟。更具体的说来，教育的民主化是维持目前刚发轫的社会主义的英国的必要条件。现代政治趋势已否认了一个不是平民自己组织的政府能为平民谋幸福的。换一句话，for the people 的政府一定得 of the people 和 by the people 的。可是问题是在平民的教育，很多怀疑民主政治甚至民主社会的人，认为平民缺乏远见，缺乏程度。他们不能担任领导人类走上更理想的路程。最近英国卡车工人不接受工会劝告而罢工的事，又给若干怀疑民主的人士振振有词地说，工人没有政治责任感，在这运输已因天气的冰冻而发生阻碍，真不应该再来这一手和工党政府为难。这套批评并非全无根据。可是即使假定是正确的话，也只说明了，在过去的社会中，平民没有机会养成他们的政治程度；没有给他们足够的教育，以致他们不能有效地表现他们对政治的责任感。罪不在他们，而是在过去的社会制度。要改变的不是平民已争得的表现机会，而是以往的社会制度。这话在理论上是立得稳的，但是站在民主岗位上的人，却应当在事实上促进平民的责任和兴趣，这是教育。

英国的"贵族政治"建筑在不平等的教育机会之上，托尼教授的《平等论》一书中分析得很清楚。一个工人的子弟没有希望进"贵族学校"，而英国传统的上层阶级却差不多被几个著名的贵族学校的毕业生所包办了。工党政府决不能长久维持在"贵族社会"的基础上，他们必须开放教育机会，必须使国家的人才可以自由发展。所以他们立下了在今年6月里要实行的教育法案：提高强迫教育的年限，依智力和成绩给优秀学生奖学金，以资深造，扩充基本教育的教材和设备，增加教师数目。这保育下一代以保障社会主义英国的责任却降到了身高不及5呎的爱玲肩上。这是她战后的任务，是她正式入阁的初次，1945年开始，那时她已53岁。有名的红发已经灰白。

漏网之鱼

以爱玲来担负教育和培养下一代人才的任务，实施民主教育，是最适宜了，因为她一生的奋斗和建树的经过就是一个见证，见证平民中是有人才的。只要有适当的教育使这些人才不致浪费和埋没，社会可以从这些人中间获得最有力的热忱服务者。若是没有人能说爱玲从政的成绩赶不上任何其他的教育部长（事实上，即是丘吉尔也是她的赏识者），也就没有人敢说贵族社会是培养人才的有效结构了。爱玲是曼彻斯特工业区里的平民。她的父亲是纺纱厂里的工人。家里一共有四个孩子，爱玲排行第三。工人们的孩子绝没有靠他父亲的工资获取高等教育的可能。她受完小学教育之后，就面临了失学的威胁。那时曼彻斯特的中学和大学有很少数的奖学金。她侥幸得到了。可是她记得有很多和她能力相同甚至更高的同学，却因种种原因没有升学的机会。她是贵族教育中的漏网之鱼。她自己的经验使她坚信，社会最不公平的事是教育机会的差别，更不公平的是这差别建筑在孩子们父母的财产上。孩子无辜，有什么理由，除了生错了地方，使很多有才干的孩子不能为社会尽他们最大可能的贡献呢？她更觉悟，不幸的不只是孩子们个人，而是整个社会浪费了它最重要的资本——人才。

穷苦出身的人才在历史上并不少。但是这些人一旦爬出了自己的穷苦邻舍，也就忘记了他们的同伴，好像世界上不再有穷苦的人了。爱玲显然不是这种人。她侥幸得到了高等教育，她的志愿在使穷苦子弟得到高等教育并不成为侥幸的事，而是应该的事。在她53岁的暮年，她的志愿已成了国策，可是她并没有看见在她尽力奠定的基础上，将来会建筑出怎样的宫殿——"爱玲死了"。

小火点儿

爱玲不但是工人的孩子,而且是个女孩子。她要为她同伴争取社会的政治的权利,但是既是女孩子,本身就没有争取这些权利的权利。当她得到了高等教育之后,她发现她只能去做一个待遇清苦的教员,她不能投票,政治并不是女人的事。是的,爱玲并不是觉得教员的职务太低,她自觉的责任是在教育;但是她明白这不合理的教育制度并不能使她达到她的目的,给每个有为的青年,不论贫富,相等的发展机会。改革教育是政治问题,不是一个教员可以做得到的。在女子没有顾问政治的权利的时代,像爱玲这样一个人怎样能影响政治,实现她的理想呢?于是她一面要为工人的利益奋斗,一面还得为妇女争取参政权。1912年,这个21岁的少女加入了独立劳工党,她的雄辩和身材赢得了"小火点儿"的绰号。下一年她组织了妇女参政全国总社。经了第一次大战,妇女参政的权利是获得了,可是"小火点儿"年龄太轻,1918年初次妇女参政,她却没有资格投票。一直到1924年她才被选为国会议员。从那时起,除了1931到1935这四年,她没有脱离过威斯敏士特的巴力门。

1935年送她重入巴力门的是曼彻斯特附近的加乐。加乐本是一个造船业的小城,这小城的人民都是靠这行业生活的。第一次大战之后,不景气的狂潮逐渐卷到英伦。造船业的大王们要维持他们的利益,决定紧缩政策,把几十万的工人生活置之度外。加乐首当其冲,成了英国不景气时代最严重的"萧条区"之一。爱玲是加乐的人民代表,她面对着这不景气的狂潮，眼看这些没有人性的特权阶级出卖工人的生存权利，她不能不负起抵抗的责任了。这责任是沉重的，因为在巴力门里她的声音被绅士们的冷笑所掩盖了。于是她组织了英国历史上著名的"饥饿请愿"。英国各地失业的工人，步行到伦敦来游行。这红发女郎却站在加乐队伍的前列，一步步地走向巴力门，背后是2000失业的工人。

天上下着雨，队伍在泥路上前进。"雨打落不了我的精神！"爱玲领着大众唱着歌，歌声激起了他们的勇气，进入了已有万人会集的海德公园。保守党的绅士摇着头，奚落她，可是他们读了爱玲的《被屠杀了的市镇》，也没法替他们的良心洗刷了。当前政府的《工业地点分配法案》就是"饥饿请愿"的收获。

徒手的空战

"小火点儿"有的不但是动人的雄辩，感人的笔调，而且有办事的才干和服务的责伍心。丘吉尔在敌人已经扫荡欧陆之后，受命组阁时，他排定了爱玲做保安部的国会秘书（相当于政务次长之职）。保安部的职务是在保障空袭时人民的安全。谁也不会忘记希特勒对英空中闪击的严重，同时谁也不能否认希特勒失败的开始是在"英伦之役"。在这闪击中，英国人民能在巨火和重弹下从容地疏散妇孺，维持士气，固然是无数人民共同造成的奇迹，但是这身高不到5呎的"小火点儿"所贡献于这奇迹的实在无可限量。她为了职务，愈是空袭得紧，她的事务也愈繁重。她自己开着一辆小汽车，向着被轰炸得最惨的地方开行（她不要汽车夫，因为她不愿见任何人冒着不必要的危险）。有一天，大火正在狂烧，一个消防队员，在火光中看见一个小小的影子，急促前进。"站住，这是危险区，快停。"走近一看是大家熟悉的爱玲。在职务下，对于爱玲是没有"危险"两字的。一个组织防空设备的人决不能享受这设备。爱玲冲过了火焰。她是徒手在向纳粹的空军作战。多少生命被她所保护了。丘吉尔在纪念她的演说中，追忆这位战士说："她以忠诚、热忱和同情去担负她的任务。勤劳、勇敢、熟练和亲近是她的特长。"

55年的生命对于爱玲似乎是太短了，可是她并没有浪费过这短促的生命中任何一刻。她可以瞑目，因为在这55年中，她所梦想的已逐渐成了事实。英国已在她的一生中变成了另一社会。很多人羡慕英国可以不必流血获得它的进步，他们应当知道英国确是有无数的人贡献出了整个生命去求理想的实现。53年前有谁会相信这曼彻斯特的小屋里所诞生的女娃娃会在53年后主持着民主教育法案实施的巨任？在英国能有这种事迹出现，说明了这个国家在现代历史上所以能占重要地位的原因。

"爱玲死了"。但是爱玲却已善用她短促的生命奠定了无数爱玲可以像她自己一样发展她们才能的教育制度了。

1947年2月8日于伦敦芦叶寨

访堪村话农业

在决定要回国前的两个星期，我到离牛津20里的一个村庄里去拜访我在中国早就相熟的一位老朋友。他约我到那村庄里去的原因是要我知道英国并不是一个偌大的都市，也有乡村的。我曾写过几本关于中国农村的书，所以他极力主张我必须费一个周末去看看英国的乡村。我也很愿意尊重他的意思，除了私人的感情外，我已很久听到英国要增加农业生产和改良乡村生活的话。譬如说，政府已定下了农业里的最低工资，在乡村里开始建筑现代化的住宅，低价租给农民居住等等，这些早就引起我的注意。不幸是我碰着这大冷天，住定了实在不想动，若不是我那位朋友的怂恿和邀约，我不会在下雪天下这下乡的决心。

都市的后园

这个村庄名叫堪德灵顿。我那位朋友温德先生在那里已住了半年，借了两间房，写了一本书。我提到他不但是因为他是带我到这村子里去的人，而且我也想借此指出英国乡村的一个特色，那就是英国乡村多少已成了为一些不需要常住在城市里，而又想暂时享受一些清闲生活的人预备下的一个短期避世的别墅。在局外人看来确乎是很有意思的；在乡村里生长的人一批一批地离乡入城，但是在城市里住厌了的人却偷偷地避入了乡村。所以我在到车站上来接我下乡的小汽车里曾笑着和温德先生说："你希望我看到一个英国的乡村，但是我怕我看见的也许只是你们都市的后园。"

英国人至少有一点和美国人不同，他们有着和泥土接触的爱好。理想的老年是在后园里种花。我在云南呈贡乡下居住的时候，也常有些英国朋友来找我，他们来了就很起劲地帮我挑水种菜。在英国，就是在拥挤的市房背后也常常能见到相当精致的小花园。在这传统之下，我们很可以想象得到，像伦敦这样热闹的都市附近，自然会发生许多"后园"性质的乡村了。我所谓后园性质就是指那些乡村在经济上并不能自足，并不是靠经营土地，出售农产品来维持生活的，而是靠许多在外边寄钱来乡下享清福，种种花草的人来支持的。

我这样一说，温德就向开车的克太太说："你说是不是？"原来克太太是堪村的审判官，又是最热心公务的绅士太太；她若不热心公务的话，也不会特别开了汽车来接我这个国外的访问者了。温德问她的原因是在她多少也是这种后园里居住的人物。她的先生是伦敦的一个富商。他们向原来堪村的大绅士买了那所犹如博物院的大宅子和几千亩农场，而且还有一个据说是模仿中国亭园的大院子。克太太是极能干的，她住在大宅子里经营农场，有几十头乳牛，有几百头羊，可是，她尽管这样努力经营，农场的收入并不能维持这大宅子里的开销。这个新式的乡村绅士依靠伦敦的市场。伦敦的大商人愿意破费一些在乡下维持一个大农场，目的显然并不是经济的，而是社会性的，多少和平民住宅背后有三尺地种花的性质相同。

农业的式微

尽管温德先生想要我有一个英国也有乡村的印象，英国的骨子里实在已经很少土气。在乡村里住的人只占全国人口20%。这数字很有意思，因为这和中国刚刚相反，我们只有20%左右的人不住在乡村里。中国若是一个乡村国家，英国自然可以说是都市国家了。

英伦这个岛多少已成了一个大都市，但是这也不过几百年来的事。500年前他们和我们也差不多，大家是靠土地吃饭的。自从这个岛国的海上交通发达之后，他们就发现向海外去买粮食回来比在自己的土地上长粮食来得便宜。英国的气候和土质很适宜于长了草养羊。有一个时候，英国的羊毛算是最好的，于是他们把农田圈了起来养羊了。这本来极合乎土地利用的经济原则：要地尽其利，必须分工。世界各地在自由竞争里去发现最适宜于当地的出品。综合起来，消费者可以得到最便宜的用品。譬如我们要在北极长橡树，并不是不可能，若是我们肯费钱去造个大温室，像伦敦植物园里的热带室一般。但这是不经济的，因为在热带长橡树不必造温室。同样的理由，英国大可不必去种粮食，用土地来经营别的作物，得利更大。

英国工商业逐渐发达，而且在第一次大战之前，可以说世无其匹。它控制着海上的运输，可以向世界任何地方去收买最便宜的原料。本来觉得有利的羊毛都觉得不如向澳洲和印度去输入了。牛乳不如北欧，肉类不如荷兰和丹麦，一步一步，英国在农业上撤退下来，成了个不必自己耕植畜牧的国家了。农业的式微使乡村的经济基础彻底改变了。若是没有那些像克太太或温德先生一般的人带了钱下乡,在农业里赔钱,或津贴乡下的房东,乡村也就留不下人,留下的生活上也必然见得更寒酸,绝不能和都市里的摩登人物并立了。

英国农业的式微并不是英国经济的没落,相反地,倒是表示英国经济的扩展,在工商业里得到了充分的发展机会。这机会是靠两个柱子顶住的,一是工业技术的优越,一是海上运输的畅通。在这两个柱子上加上一根横梁,自由贸易,就是英国过去所享受的经济结构了。

从第一次大战起,这两个柱子已经出了毛病。在战时海上运输受到阻碍,英国的粮食立刻发生恐慌。这倒还是暂时的现象,更持久而且更危险的是英国在工业技术上已拿不稳优越的地位了。这一层也许还能靠自己努力来克服。最严重的问题是起在横梁上,先是关税壁垒,后是统制经济,把英国经济基础自由贸易打得落花流水。英国的粮食大部要靠人家供给,而粮食又是急不待缓的东西,自然是容易被人控制的把柄。于是,英国不能不重新注重农业了。英国要注重农业,表示了他们的经济已走出了扩展的时期。

社会的重心

复兴农业在英国是十分困难的。若说一纸公文就能改变社会的风气,那就容易了,因为现在执政的工党,确是想向稳定经济力求自足的政策上求出路的。问题是在乡村本身缺乏肯担负起繁荣和建设地方的重任的领袖人才。在战时，政府已经尽力地用津贴政策提高农民的收入，这政策能否持久固然还有疑问，即使可以继续，至多不过做到经营土地有利可图，但是这一点经济上的利益，并不能使乡村里的青年不向都市跑，并不能使农业成为一个有吸引力的职业，除非乡村生活能达到都市里一般的现代化。物质建设上政府还可以设法鼓励，好像近来的乡村水电计划等。主要的是在乡村的人民能自动和自发的努力，使在乡村里居住的人能感觉到生活不但有着落，而且有希望。这并不是像住厌了都市的人来乡下隐居，或是有钱的富商想在乡下买个大宅子做绅士，而是要认真地把乡村建设成一个生活中心。这又要一种新风气，有人才出来领导。我到堪村去访问的原因也就在看看英国乡村中是否已有了个社会重心。

我记不起不知在什么书上读到过，英国乡村里主要的社会人物是绅士（大地主）、牧师和小学教师。因之，我就请温德先生介绍我和堪村里这三种人物见见面。堪村以前确是有一个大地主，村子里的人全是他的佃户和帮工。在英国传统的封建制度中，地主的权力是极大的，他不但是经济上的主人，而且其他社会生活他都可以干涉；但是这种地主已经过时了。现在那位买得这田产的克先生，每星期只回来一次，和村子里的人并没有直接接触的机会。克太太是极热心服务的人，村子里谁有病痛，她会开了车来送病人进医院。在战时，她照顾了几十个孩子和许多疏散出来的人家在她的大宅子里住。

像她一类的人在英国乡村里并不少。我在克太太的客厅里还见到一位曾经到过中国为中国海关设计和组织防疫工作的医生，现在年纪已经很老了，退休在堪村附近。他忙着为地方的公益服务。但是他们究竟并不是乡村里生长大的人，更不会真正地进入乡村的社区生活。他们不到小酒馆里去喝啤酒，也不常去邻居闲坐。在道德上至多不过是一个榜样而并不是一个领袖。

使我失望的并不是像克太太那样的新地主，而是已失去了作用的旧牧师。当然我希望我所遇着的那位牧师是个例外，如果我所见的确能有些代表性的话，我实在不敢相信教会在乡村中还能有多少的领导作用了。我曾预备了一套问题想请教那位牧师。可是交谈之下，我发觉他的兴趣显然并不在于他教区里活着的人。他也许是一个很好的历史家，或是建筑欣赏家。他对于这地方的历史相当熟，各地教堂建筑的长短，娓娓能道。比这一切更有兴趣的却是鬼。至少在他的谈话中，我已知道堪村有三个鬼。起初我还以为他是说着消遣的。第二天，我从他教堂里做了礼拜出来，他要我走到一块坟地旁的小道上，问我有没有感觉。原来每次他立在这地方就有鬼来接近他的。他很认真地问我，我不能不回答他："我并没有觉得什么，也许他和我是属于同类的。"让我补足一句，那天做礼拜的除了我在上一天拜访的几位绅士外，大概只有两个年轻人我是没有见到过的。

我在堪村去参观过他们的小学，还替一群孩子讲了不少关于中国的话，他们要我写中国字，后来一定要我唱一支中国歌,把我弄窘了。孩子们是到处一样的可爱。我又费了一个上午和那位教师谈话,他知道得很多,但是即使像他一般在堪村已经教过10多年书的人,据他说,学生们一出学校,并不再来请教他解决他们的生活问题了。他是个很负责的教师,但是并不是社会的重心。

此路困难

我那天晚上在一家小旅店里过夜,旅店的女主人很殷勤地招呼我。她很得意地告诉我,她有两个儿子,都复员了,在工厂里做工。她说话时很高兴。我就说:"为什么不留一个在你身边,在堪村种种田呢?现在工资不是也提高了么?"她摇摇头:"在乡村里有什么意思呢?一辈子种田!"温德先生也告诉我,他房东的儿子们都已进了城。一个工业化了的英国,文化的中心已经建立在都市里了。离开都市不但享受不到现代的设备,而且丧失了社会梯阶上升的机会。"一辈子种田"成了一句表示没有出息的话了。

英国想提高农产,不惜加以大量的津贴,消费者虽没有直接感觉到这笔账,但是纳税者却免不了为此增高了担负。纳税者不还就是消费者么?英国人不敢反对这实际上在降低生活程度的办法,因为战时的经验太近,粮食缺乏的威胁太重。英国若卷入战争,第一个难题就是粮食。于是他们不免要想自给了。其实,他们是可以在避免战争中获得安全的。这条路容易得多,而且合理得多。英国想在短期内改变几百年来历史所造下的风气是困难的。尽管政府想复兴农业，奈何没有多少人肯下乡去。据说现在农业里的工人 1/3 是德国的俘虏。这批俘虏一旦回国，农业里缺乏人力的情形立刻会十分严重。

若是英国政府果真能在津贴政策下把农业工作的报酬提高到在工业工作之上，劳工可能向乡村里跑，但是津贴政策究竟是暂时的。到头来，也许问题更加复杂也说不定。在旁观者看来，英国还不如继续走工业的正路，以三岛的土地去和大陆在农业上相竞争是不上算的。英国的乡村终究会成为都市的后园，让退休的公务员去满足他们传统喜欢和泥土接触的癖好，多些花园式的丛林旷野，点缀这三岛吧。

1947 年 3 月 14 日于清华新林园

不愁疾病

"无病就是福。"——这句话说明了无病的可贵和无病的不易。稀少是可贵的由来，健康是生活的例外，可以偶得而不能常享，否则生活就要等于幸福了。在我们这个国家，这怎么可能？至少，在我们，病是和生、老、死等无可避免的生物现象相提并论的。其实这种齐物论还是委屈了病。生、老、死固是无可避免的，正因为它们和四季循环一般地来去自然，我们也很能受之自然，至多不过引起一些悲哀，不是忧虑。病却不完全如此。在我们，病固然是生、老、死一般无可避免的，那是事实，但是多少我们觉得"尚可为力"。真是能为力了倒也罢了，麻烦的是在"尚可"两字。于是求神买卦，药石乱投，目的不完全在医好病人，而是在心理上求些安慰，成了病者的亲人们的安心之术罢了。

病久了的人会说："死了倒好了。"这是真心话。人最苦的是忧虑，负着一项自己没有能力来控制的责任。忧心如焚，比身体上的痛苦更难受。我们有人割股疗亲，其义是在以肉体上的痛楚代替或转移心理上的忧急。

若是医学不发达，病不过是死的开始，人只得练习耐性，应付这无可奈何的人生。"尚可为力"的"尚可"成分减少些，就不必勉为其难，忧急之情也可以变成悲而不愤。在一个医学昌明，疾病确是可以治疗，而同时却又因种种阻碍得不到治疗的情境，才是最使人痛心，尤其是那些没有多大理由的障碍，好像没有钱，请不起医生，买不起药。

在抗战那几年，我自己就亲自尝过这苦味。当然我还算是幸运的，孩子生了病，还有朋友肯借钱给我。但是在开口借钱去求医买药的时候，我怎能不感觉到世界的不合理？想到那些因为缺乏几个钱而眼看亲人可治而不得治的人，更不能不感觉到这个社会的可憎了——这种感觉我相信一定是十分普遍的，试问现在世界有多少人能有病得治？我也因之想到，若是每个人都有了一个保障：凡是有病，必然可以得到人类知识所已经允许的疗治，人对于病也就不会忧虑了。我并不敢奢望人间没有疾病，但是要人间没有因疾病而引起的忧虑,那是应当可能做到的。

这次我到英国去,最受感动的也许就是他们正在计划实行的全国健康保险的政策了。

一个穷孩子的自誓

大概在四五十年前,英国威尔墟地方有一家贫民,姓比万。他家的孩子安内林整天不痛快,因为他的父亲老是生病,一病之后就不能去上工。又因为他们没有钱请医生,他母亲心情极坏,弄得一家生趣索然。他默默地想:这究竟是怎么一回事呢?世界上没有人愿意生病,疾病找到了人家头上来。有人是工作过度,有人是营养不足,有人是被传染了,都不是他们的过失。但一生了病,却要这已经倒霉的病人自己负责了。社会上非但不帮他医治,而且高利贷的人乘机来剥削他,走方郎中乘机来愚弄他,太太向他发脾气,邻舍把他看成危险人物,远远地躲开他,儿女跟着失学,受冻,受饿。疾病是人类共同的敌人,可是社会却并不合作了去应付它,反而利用它来谋少数人的利益,让多数人受罪……这孩子好像受到了启示,他自己发誓,他要在一生中去征服这敌人。即使不能把疾病驱出人间,至少也要把社会组织起来共同对付它,使任何一个病人不致在疾病本身给他的痛苦之外受到任何额外的磨难。

安内林·比万(Aneurin Bevan)就是英国现任的卫生部长。他已经在国会里通过了他的健康保险法案的初读了。

社会保险的意义

让我先借这个机会讲一讲什么叫社会保险，换一句话说，怎样把社会组织起来合作应付各人相同的个别危机。这个原则其实并不是什么新奇的西洋景。在我们乡下原是很普遍的，只是我们没有像西洋国家一般扩大利用这原则，增加这原则的适用范围罢了。

在我们乡下，婚丧大事必须大大地花一笔钱，一个普通的人家一下子拿不出这笔钱来；若是借债，利息太高，最通行的方法是结个钱会，云南人叫"上赍"。钱会的办法是聚集若干人，每期每人都拿少数的钱出来，合起来交给一个需要钱花的会员。全体会员先后都轮得着，所以没有人会吃亏，而同时把每个人的整个担负分成了若干期去支付了，也就把危机性消弭了。

社会保险的原则就是这样。每个人都有生病的机会，若是每个人生了病单独由他一个人去应付，可能没有这笔钱去请医生了。若是很多有生病可能性的人合作起来，每逢有人生病，大家凑钱出来请医生，从每个人说，就不会有请不起医生的危险了。再进一步，若是合作的人多了，有钱可以为大家包一个医生，谁有病就可以去找他。这个医生既然向这些人负了治疗的责任，他要减少求治的病人，他必然会对种种预防的办法有兴趣了。

以往的医生都有个矛盾。一方面他的责任是在治病，另一方面他的收入却是靠有人生病。坏的医生会因顾虑生意经起见，把一天治得好的病，拖几次方治好它。而且在一个以治病作为生意的社会里，有医学知识的人对于卫生事业总不会太热心的。要用医学知识去消弭疾病，就是取消依靠疾病得到收入的职业，这就必须把医生的职务变成社会服务。治疗是不得已的善后，卫生才是真正的任务。

英国现在想大规模全国举办的就是这件工作。

劳合乔治的成就和限制

英国用保险原则来应付疾病已有相当长的历史。最著名的是劳合乔治在上次大战时所立的劳工保险法。这个法案规定了一切雇员每星期都要付4便士的保险费，他的雇主再赔上6便士，合成10便士。每个工人有一本小册子，每星期贴上这10便士的保险印花。有这本小册子就可以有权利在失业时得到失业保险金，在疾病时不必付钱可以得到治疗和医药了。

劳合乔治的保险法案只包括工人。假若工人的家属有人生病，他们就不能享受免费医治的权利。而且凡是没有雇主的人也就排斥在外。小学教员自己有另外的组织，可是其他公务员，农民，小商店的主人等就得自己掏钱请医生了。比万所提出的法案就在想推广这原则，包括全体人民。

保险方法可以做到的是征服因疾病而得不到医治的忧虑。可是基本的问题还是在怎样加紧对疾病本身的征服。那是医学的发达问题。事实上，医学知识和实用的治疗方法之间还是有很大的距离。不但是做医生的大多还是用10多年甚至半世纪前的医学知识在治疗病人，而且即使有够得上现代医学水平的医生,他们也时常没有适当的设备去应用所有的知识。在中国这些困难的严重性固不待言,即是在英国也并不太比其他国家为强。

英国的医院大多是靠私人捐款维持的,不但规模小而且分布又极不均匀。据现在的调查,不满100病床的医院占全数70%。不满30病床的尚占3%。分布上说:在South Shields 每4100人有一医生,在Bath每1590人有一医生,在Hastings 1200人即有一医生。又如在Bristol 3.4万人的社区里不久之前一个医生都没有,可是离这地方不远的Taunton,人口相等,却有18个医生。在这种情形下,医药现代化是不容易的。为了要增进医院的设备和医生的素质,就得把整个医药制度的经济基础根本改造,从捐款和做生意的原则变为公益和服务的原则。只有由国家从保险费和国库来支持和根据人民的需要加以计划,才能达到现代化的目标。

比万方案的阻力

比万的方案进行得并不太顺利。他的方案在人民的立场上看固然是再好没有了,但是这是革命性的,因为这个新的医业国家化制度会使许多依靠传统制度得到利益的人受到损失。这些人不肯接受这新的方案。他们并不是病人或是可能害病的人,而是医生。当我们到伦敦不久,就在报上看到医生协会举行投票:反对这法案的医生却占多数。这使比万很为难。若是多数医生不接受这方案,他的方案即使在国会里通过了，还是不易实行的。

有一天下午我在一个茶会里遇见了一位新从医科大学毕业的实习医生。我就问他的意见，他告诉我说："若是你分析一下这次投票的结果，就可以明白为什么这些医生要反对这方案了，反对这方案的医生在年龄上说是较老的，在业务上说是自己挂牌的。"

"为什么他们反对呢？"我还不明白。

"在英国要自己挂牌是不容易的。医生的排场必须相当阔绰，所以收入不能太少。要把稳一定的收入就得有一批老主顾。英国的医业发达得很早，每个可以有主顾的区域里都早已有老医生占据住。一个新出笼的小医生是不可能找着足够维持他业务的主顾的。他若进医院，工作忙，薪水少；若想自己挂牌，立诊所，只有向老医生出钱顶他的熟主顾。这笔顶费相当大。老医生拿这笔钱作为养老费用。这个办法已经成为习惯。现在医业若是国家化了，没有钱顶诊所的小医生，或是本来在医院里服务的医生，自然没有关系；可是已经出了顶钱的人可不是要发急了么？"

"政府不是规定了退休的医生有养老费的么？"我问。

"可是这数目是一律的，而且不会像顶费一样高。"

"他们若不愿为国家服务，不是可以继续他们自己的业务么？比万不是屡次声明决不对私人营业加以限制么？"我又问。

"这是理论，实际上普通人民每星期出了几便士的保险费之后，可以保障在失业或患病之后得到照顾，谁不愿意？

他们怎么会花几十先令去请私家医生呢？而且公家的医生所需的设备由国家供给，技术上也可以比私家医生高明，私家医生哪能顺利地继续他的业务！"

我接着说："那不是一般人所希望的么？有病一定能有医生疗治，而且医生的医道又可以提高，那是多好呀！"

"可是这些花过顶费的人却不愿意，他们为了私人的利益不能不出来反对了。"

"先生，"我说，"他们反对的理由并不是这个，而是说若是医生成了公务员，就会不认真看病了。"

没有等我说完，那位小医生好像受到侮辱一般的抗议了："这样说，医院里的医生不及挂牌的医生了。事实恐怕刚相反！也许说这些话的人，在自己诊所里可能并不是认真治疗而是在生意经罢。"

当我离开伦敦时，比万已经允许和医生协会作恳谈，问题也许真的并不在公私方式的长短上，而是在政府必须保证这些已经在业务里投了资的医生不致因新方案的实施而受到损失。关于这一点，素以善于让步和宛转的比万必然会和这些医生得到协议的。重要的是英国一般的人民绝不会为了要维持几个老医生的特殊利益而愿意把自己的性命交给命运去决定。在比万的背后有着坚强的舆论，这一个使人民不愁疾病的法案，在我想来，必然很快就会成立的。

1947 年 4 月 4 日于清华新林园

从《初访美国》到《重访英伦》

我在两年多前写《初访美国》时,曾以罗斯福总统的政治和经济设施作为平民世纪的发轫。依我的看法,政治民主,每个公民都能用选举票去影响政治,必然可以确立为大多数人民谋幸福的政府,这个政府所采取的经济政策也必然会限制私人财富的无限累积,必然会提高一般人民的生活程度,于是也必然会走上以社会福利为目的的经济道路,以达到经济民主。我用自由和平等的两个目标来说明政治民主和经济民主的要义。在美国历史中,自由和平等的"幸福单车"曾经出过毛病,但是罗斯福的加强工人组织和提倡 TVA 一类的经济修正,使这"幸福单车"的两个轮子,自由和平等,重又配合上了——这是两年前的话。在这过去的两年里,在美国连续地发生了一连串在我看来不太使人高兴的事。罗斯福死后,新政有关的人员差不多都退出了政府,而且"新政"竟成了个红帽子。不久,罗斯福的反对党在国会里占得了多数,反劳工的政策已跃跃欲试,呼之即出。使富有者多担负国家费用的所得税的累积率要减低了。在国际上,我在《初访美国》所担心的"美国世纪"主义抬头了。这一切似乎把我在那本书里所提出的乐观看法罩上了一个黑影。

美国在过去两年里的政治对于世界民主运动有着很坏的影响。也许美国人民自己并不觉得,但是在我们想在尚没有达到民主政治的国家中建立民主政治的人看来是很痛心的。美国政治上的民主有着光荣的成就,那是没有人否认的。但是在经济组织上,虽则确已提高了人民生活程度,但是独占事业的发达,不景气的循环,失业的威胁,在"平等"的尺度上讲,很有理由相信,他们的组织并不完美(我们且不提种族偏见所造成的社会不平等)。爱好美国的人,如我在《初访美国》一书中所表示的,总希望美国的自由和社会平等并不是相冲突的,即使过去两者并没有平衡的发展,在将来,两者还是可以相互并进,相得益彰。不幸的,战后的两年,美国对内对外的政治动向显然是抛弃了罗斯福的进步主义,开始走回头路了。这使我哑然,使我感觉到分外的不安。

在这种局面下,不免使我想到另一种理论了。欧美民主所标榜的自由并不是全体人民的自由,而是少数人的自由。最初这少数人用自由的许诺以获得人民的拥护,以克服中世纪封建所给他们的束缚,但是一旦得到了自由,就独占了这权利,变成了自由竞争,自由压迫人,自由剥削人的自由了。在资本主义的国家,政治民主不过是一种烟幕,不过是"以财富获取权力"的公式。政治民主如果要威胁到资本主义经济中的特权阶级,这个阶级就会破坏政治民主,而走上法西斯的道路。德、意是个前例。特权阶级绝不会自动放弃他们的特权。从资本主义到社会主义的过程中免不了要有暴力的争斗。无产阶级的革命是必然的。

美国这两年的趋势,不幸得很,似乎在佐证这种理论了——这使我写完了《初访美国》之后,默然了。

于是,我的眼睛转向了英国。英国怎样呢?英国过去的历史似乎也佐证了社会主义不经过革命不能实现的说法。麦克唐纳的工党政府一无成就，结果不但没有做出一毫社会主义的政策，甚至比劳合乔治的自由党政府都不如。劳合乔治还立下了劳工保险法，而麦克唐纳除了自己受到了英国上层阶级的恭维外，只是宣告了不流血革命是个梦想，一个很可爱的梦想。

但是，这次战后，工党又执政了。是否会又是一个麦克唐纳的政府呢？如果工党执政之后能实施社会主义的政策：能把财富重行公平分配，能把决定经济生活的权力从少数私人转移到选民手上，能普遍地提高人民生活程度，能解决失业的威胁，能给每一个人在社会里充分发挥他服务社会的机会，能使人民达到无虞匮乏、无虞威胁的自由……如果能做到这些，而所有的手段并不包含暴力，并不新奇，仍是一个选举柜；如果能这样，我们至少还可以希望经济民主是可以从政治民主中诞生；我们还可以希望一个平等和自由并驾齐驱的社会实现。

我们对于英国战后的情形太少事实的报道。报纸上所不厌发表的是英国的对外关系。工党上台之后在对外关系上，在今年以前的确没有什么改变，即使是袒护英国的人也不能在他们对希腊的政策上看出什么和保守党政府不同的作风来。我在《行前瞩望》一文中，已经说出了我们和其他朋友们那时对英国的惋惜。但是英国在一年半中对内是否有些新的措置呢？在报章杂志上实在不容易找，结果我觉得非去亲自走一趟看看不成了。

朋友们中有人说我是属于"软心肠"一类的人。我想他们说得很对的。"软心肠"的人才希望不必开刀,吃些"消治龙"就能医治盲肠炎。"软心肠"的人愿意在别人性格中看取"有希望"的一方面。《初访美国》表现了我忽视了美国的反动势力,而太偏重了进步的倾向(虽则我一直到现在还是维持着对美国进步势力的信念),以致过去两年的美国动向有一点出于我意料之外。这些是"软心肠"者的弱点。但是如果我们想向人家学习,该学习的自然不应该是人家的坏处。在教育的立场说,责己须严,责人须宽,确是有见地的。"人家都这样坏,我亦何妨坏",决不是劝人为善,或是自己勉励的道理。

凡是预备读我《重访英伦》的朋友们不妨明白我的弱点。我不愿使人有一种印象,以为天下有十全十美的东西,但是为了互相观摩,我们也不妨多取人之长,少说人之短。我的心目中无疑的是在我们自己国家的成长。

从长处去看英国,这次战争确是给了他们一个自新的机会。他们在战后所开始的社会主义的试验,正是给我在上面所提到的疑案的一个正面的答案。我在回国途上很高兴地自慰说:几万里的旅程,三个月的光阴,并没有白费。我又可以相信,如果人肯努力的话,社会主义的目标是可以从政治民主的道路上达到的。英国是一个摆在眼前的例子。

在我《重访英伦》的 8 篇通讯中,自然不能把工党在过去一年半中所做的事全部记下来。而且因为写作的时间和环境都不能容许我多思索和多参考,所写的不免感想多于事实。让我在这小册子的背后，提纲挈领地把工党执政的经过和所有对内政策的原则大略说一说。

工党是1945年7月26日得到了在国会中多数党的地位，在这次竞选时，德国已经投降，而日本还在进行战争，普通人民还不知道战争要维持多久。丘吉尔挑定了这时候要求大选，据说是有作用的。他想，在战争将完未完之际，他的功绩和才干可能成为决定性的政治资本。他似乎在事前很有把握，而且从宣布大选到投票的时间很短，工党有一点措手不及的感觉。

有一位英国朋友知道我回国之后一定会写文章讲英国，所以他特地叮嘱我不要忘记告诉中国的朋友们当时选举的情形。他说："我们那时真不敢预测保守党是否会失败，我想丘吉尔一定以为他会胜利的。你没有看见当丘吉尔旅行演说时人民对他热烈欢呼的情形，大家真是狂了，这位挽救英国的英雄。也许太热烈了，他的演说内容大家都不去注意了。从当时民众所表示的热情来看，保守党继续执政可能毫无问题。保守党也太看重了丘吉尔的声望，所以在政策上，选举策略上不免忽略了。7月26日那天选举揭晓，真是个晴天霹雳，工党竟以393席绝对优势得胜了。保守党损失了181席，也是空前的，和丘吉尔声望之高一样空前。"

他语气加重了，声音放慢了和我说："这是我们英国可以引以自骄的一点。我们可以热情，一点不是假的，感激一个有功的人，但是就在这天，我们可以静悄悄地在选举柜前投下另一党的票子。人和政策是两回事，过去的功绩和将来的服务又是两回事。"

是的，英国人民的政治程度也许没有别国可以赶得上。他们每个公民都知道投票不是件发泄感情的动作，而是一项公民的责任，是决定自己和决定英国命运的大事，绝不能苟且。他们听各党的言论，比较各党的政策，从理智得到决定，冷冷静静地去完成公民的任务。这样，政治民主才有内容，不是个烟幕弹。这次美国的普选，不但弃权的人这样多，表示了不关心，随意人家摆布，或是消极的不知所从；而且据说有很多只因为"不满当前政府"为理由去投共和党票的。如果这是真的话，美国这两年来不能继续罗斯福的进步主义，并不是民主本身有问题，而是美国人民政治程度有问题，实行民主政治的困难，不在制度而在能力。

英国有这样的人民，才有尊重民主的政治家。丘吉尔得到了出于意料之外的失败时，脑中绝没有想到恋栈的意思。我们可以不同意丘吉尔的政见，但是他尊重英国宪法的精神是可以佩服的。譬如最近有一件小事情，国会里一个共产党议员被一个新闻记者打了一记耳光。这消息传到议院里，首先发言，认为这件事的严重，必须查办的是丘吉尔。他反对共产主义是政治立场，但是对共产党员的保障却是宪法所规定的，他绝不因自己的政见而影响到对宪法的拥护。能做这件小事的人，也是能接受"出于意料的失败"，乖乖下台，让工党去继续执政的人。

保守党继续执政了10多年，工党在野的时间很久，一旦被人民托付了整理战后英国，实行社会主义的责任，绝不是一件轻易担负的事情。英国在这次战争里受到的损失实在不轻。每个在战后去访问的人都能看到已往繁华的市区，如今成了一片片的焦土。如果一查他们的国库的账目，更会令人发生今昔之感。在战争开始时，国库里有6万万镑的资产，债务只有49600万镑。一仗打下来，存款只有45000万镑，而债务却有35万万镑。单单欠印度的债就有11万万镑。英国在战争期间忙着从事军火生产，所以输出额在1944年只剩了1938年的1/3。在战前英国在海外有投资，所得的利息可以支付输入的1/3。战后海外投资全部给了人，以后想在海外买一文货物就得输出一文的货物了。他们想恢复战前的输入额，他们必须一年输出12万万镑的货物，比目前要提高一倍以上。这是说英国穷了。这个工业国家一穷，问题就多了。他们的粮食是无法自给的，甚至香烟的原料都得靠输入。他们必须大量输出才能换得生活必需品。要大量输出，必须提高生产。生产要动力，人工，原料，技术——这许多生产要素，在英国现在已都成问题了。动力吧：煤的产额在减少，石油得向中东去运，而中东的政治背景又特别复杂。人工吧：在战争里损失的不算，现在还有大量军队不能复员；德国俘虏却要送回去了，人口逐渐在降低。原料吧：远不能自足，大部得靠输入。最后，英国工业赖以起家的技术，在过去几十年中也到处落后，赶不上后起的工业国家了。工党政府在保守党手中承继了这一个国力亏损，千疮百孔的国家——他们没有埋怨的可能，不这样没有办法，工党也不会能这样容易得到个社会主义试验的机会的。

就是这严重的局面使英国传统经济组织中的特权阶级明白自己已没有法子维持政权了。最简单的事实摆在眼前，如果要动员劳工努力生产，他们绝不能压低劳工的工资，压低工资必然会引起罢工，罢工可以使生产停顿。当然他们如果把国家的利害放在脑后，只顾眼前，只顾自己少数人的利益，他们可以剥夺劳工罢工的自由，用武力去压迫劳工，这样就必然要停止民主，走上法西斯，而引起革命了。英国特权阶级并不这样，这是他们的长处，也是他们的聪明之处。

工党上台之后，第一是继续战后的限购制度，使有限的物资能公平地根据人民的需要加以分配。这是一个社会主义的基本原则。资本主义的经济组织是根据购买力来分配物资的。如果供给少，需要多，价格就上涨，肯出大价钱的才可以买得到。英国物资已经缺乏，如果让大家争购，物价一涨，势必走上通货膨胀的道路，而引起富者愈富，贫者愈贫的现象。工党为了要避免这有害的现象，所以继续限购。限购是使政府有权决定物资的分配，他们可以因孩子们需要营养而实行公家供给小学生牛乳的办法。

第二是继续有计划的生产。他们想把原料、人工、资本作合理的安排，充分地利用来增加生产，提高输出，使英国的经济恢复战前的地位。这是计划经济。要实行计划经济，他们逐步地要把金融，动力，运输，以及基本重工业收归国有。在一年半里英格兰银行和煤矿收归国有了。铁路和运输国有的法案已通过了。最近土地利用受到国家监督的法案也通过了。电气、钢铁一时还没有收归国有,但是已在计划中了。

第三是承认工作和健康是人民的权利。在资本主义的社会里,失业是被认为个人自己在竞争里失败的结果,贫穷是对失败者的惩罚,甚至一般认为失业救济是违反社会进步的。这一套的看法已经因劳工势力的抬头而被否定了。社会主义者认为有工作做是每个人应有的权利。如果社会不给人工作做,那是社会的不是,应由社会负责。所以由劳工自动的互助保险变成了社会保险,再进而成了政府的责任了。

同样的,每个人的健康是人生的权利,社会有责任使疾病不能任意袭击人;如果预防不周,有人害了病,社会有责任使他能得到人类知识所允许的治疗。

第四是承认每个人有受充分教育的权利。工党政府一方面提高国民教育的年限,依相等于中国的制度说,每个英国人都有权利受到初中程度的教育,不但如是,凡是优秀的青年可以得到地方公费,依他们的能力一直向上升学。这是最基本的自由,每个人有依他的能力在社会上尽最大服务的自由。

以上不过是工党政府已经做,或是已经定下了开始做的日期的重要设施。我们应当记得,在时间上说,至今年7月工党政府才满两年,在这样短的时期内,能做这样多的事,真是少有的;而且,这两年并不是平静的两年,工党的对内对外的处境并不是一溜顺水。

我已说过工党向保守党继承的遗产是个在解体中的帝

国，是个式微中的工业组织。而且，他们多年在野，一时不易得到许多有经验的政治家。当然，在他们所得的遗产中也有着无价之宝，那就是一个保证他们能放手试验他们社会主义的宪法，政治程度很高的公民，守法认真的国民性，此外还有一个健全的文官制度，一辈有效率的公务员。当他们上台之初，的确到处发觉人才不足的苦处，在许多部门里，不能及早改变作风的一个原因也是人才不足。据说当时手忙脚乱的情形使90岁的萧伯纳都摇头了："一个穷人掘到了金子，是会不知怎么办的。"可是这副穷相并没有维持多久，不到一年，保守党已没有话柄可以攻击政府能力不足了。

社会主义并不是魔术，工党上台不能立刻把英国的经济健全起来。可是传袭下来的严重的危机却要当前政府负责处理的。英国都市发达得早，所有的房屋也因之破旧不堪，有名的东伦敦的贫民窟，在战前已成了活地狱。德国的炸弹和飞弹把已经十分严重的住的问题弄得更不可终日了。在国会里有一位女议员报告说：她亲眼看见一间房里住着一对夫妇和八个孩子。在战争结束时的估计，有50万个平民住宅立刻需要重造，有400万个住宅已经有80年的寿命，在农村里，如果要吸收足够的人力来经营农业，就得增加30万个农舍。造房子要原料，要人工——原料和人工两缺的战后，政府怎么办？负责应付这问题的贝文在提出了建屋法案后，很冷静地向国会说，1947年年底，虽则我并不能给每一个英国人应当有的舒服的住宅，但是住的问题决不会再使任何一个人觉得伤脑筋了。当时听见这句话的人，真不免为工党政府捏了一把汗。但是我到伦敦时，1946年年底，沿着郊外铁路两旁已经有着大规模的市民大楼出现，在农村里已有一排排的公家出租的小住宅。贝方的支票可能是会兑现的。想想这件工作的伟大，使我呆了半天。国内讲政治的整天在空谈主义，或是在记录宦海的升沉。其实是政治应该从最基本的衣食住行等日常事务上入手，也在这上边去证明得失。工党的成功不是在挂上一块社会主义的牌子，而是在每一个人的生活上表现出社会主义所能给他的利益——生活程度的提高。

煤荒又是一个工党从保守党接收下来的烦恼。英国煤矿在技术及在组织上的落后，以致产额日减。经过了一个战时，再加上了要拼命增加生产的战后一年，储备着为不时之需的煤量差不多都用完了。一到冬天，老天又不帮忙，50年来所未有的奇寒，冰雪阻碍了运输，于是大城市里闹煤荒了。其实不论哪个党出任政府都会碰着这问题的，但是工党却正在台上，自得负责。我们应当注意的倒并不是煤荒的起因，而是政府怎样在这近于棘手的情形中，能安然度过危机。这使幸灾乐祸的隔海友邦，也惊异了。工党是撑得住的。

工党最大的阻碍不是在国内，而是由国内的处境而引起的对外关系。在战时，英国有罗斯福的租借法案，不必用外汇来购取英国所需的输入品；但是罗斯福一死，战争一停，杜鲁门把租借法案也停止了。一把把英国的喉咙握住。英国在重大的负债之下，绝没有能力靠自己的输出来换取输入。没有了输入，不但英国人将没有烟抽，没有电影看，连面包都会不够的。所以不论哪一党执政，必须向美国（惟一可以向别人放债的国家）借款。而美国又在杜鲁门执政的任内，金元外交开始抬头的时候。他们不再记得胜利是爱好自由和和平的人共同争取来的，恢复和平也是应当全体和衷共济的，这些在突然发现自己金元力量的山姆大叔全不理会。不但不理会，而且竟想乘着人家打仗打得精疲力竭的时候，确立他的"美国世纪"了。"美国世纪"是一个经济无政府的世纪，他们不愿看见任何国家实行和资本主义不合的社会主义。他们可以用各种宣传告诉美国人，苏联是如何可怕。苏联也确有它不完全的地方，所以一到宣传家手里文章也容易做；而且美国人中明白苏联的不多，传统的歧视也助成了对社会主义攻击的气焰。但是英国的社会主义若是成功了，对于美国人民的印象是不同的。不乏远见的美国资本家，自然不愿意工党政府在英国太得意。当英国要在经济上乞援的时候，山姆大叔的机会来了。

工党政府自从向美国借到了 11 亿镑的债款后，在经济上和外交上真是有苦说不出。他们答应了美国放弃对英镑区内美元统制的办法。一旦放弃了这办法后，美国在金镑区内就可以和英国竞争了。譬如英国向印度购买了 1 万镑的货物，在统制办法下，印度只能向英国购买同值货物来清算这笔债务。现在不然了。印度可以向美国购买同值的货物，由英国去向美国支付美金，这也就是所谓多边贸易。

英国也允许放弃帝国优惠关税。以往在帝国圈子内，

重访英伦　89

英国货可以靠关税的保护得到对美国货竞争上的优势。这办法一旦取消，英美就在相等的地位上竞争了。事实上是很清楚的，英国在战后经济基础已经动摇，怎样挡得起美国的竞争？所以这些条件等于是把帝国出典给美国了。

外交并不是理想的追求，而是决定于利害的考虑。工党的外交在过去一年半中已成了美国的小伙计。在工党后排议员中也已经屡次表现不满，甚至已屡次"反叛"。但是工党政府有什么办法呢？如果我们分析国会里执政党议员的"反叛"，就很可以使我们明了他们政府的苦衷。本来同属一政党的议员，在主要政策上总是同意的，即使不同意也只在党内会议中发生辩论，很少公开在国会里表示异见。如果这些"反叛"是表示工党内部纪律不严，那么我们很可以怀疑工党本身的能力了。事实上，依我个人看来，这是前排议员（工党中负行政责任的议员）和后排串演的一幕戏。负政府责任的在美国压力之下，无可奈何地只能跟着美国走。但是若是一味跟着走，不但和工党标榜的主义不合，而且可能失去人民的信任。于是不能不让后排议员不断地表示出对政府的不满了。这样一方面向人民说工党并不是甘心做小伙计的，一方面对美国说，不要再压迫了，压紧了可能会走极端的。英国是政治上的老手。如果"反叛"只是纪律问题，我不相信像贝文像莫里逊这些魄力和手腕十分高明的政治家不能制服少数年轻的工党议员的。

政府答复从"反叛"议员口中所表现出来的一部分人民的不满是：除了加紧充实国力，谈不到独立外交。他们最近在帝国内部的殖民地政策上表示出了有清算帝国的勇气，在对国际的局面中却只能忍气吞声，苦了贝文。

我在英国常问起许多朋友，工党政权是否安稳？依英国宪法，国会中如果不发生不信任的事件，一直要到5年之后才重选。所谓不信任是要多数议员否决政府的提案。工党内部如果不发生严重的裂痕，他们拥有超过所有其他政党总数148票的优势，绝不会有不信任的提案通得过的。即是以"反叛"的事例说，他们至多拒绝投票，并没有投过反对票，所以并不会影响到工党政权。5年的期限使工党有充分时间去实行他们的长期政策，而且他们相信在这期内必然可以做出成绩来的。

工党政权安稳了么？并不。他们从美国借来的11亿镑的债款，本来是打算可以用来安定英国经济的。"这个债款必须是一块跳板，不是沙发。"——这是丘吉尔的话。英国固然并没有把这笔借款消耗在内战里，也没有用来买口红和冰淇淋粉，成为暂时享乐的沙发；但是这个跳板的弹性并不如预期的那么大，并不能使他们从这跳板上一跳而入于平衡的经济。他们用这笔款来买了许多救急的消费品。而且因美国通货膨胀，实际购买力也降低了。依今年年初的估计，还有18个月，这笔借款就可能用完了。用完了怎么办呢？

英国人早就有些发急了。美国共和党的得势使他们感觉到威胁。18个月之后可能碰着个共和党的总统。如果想向美国续借一笔大款，条件可能比第一次更苛刻。上一次还没有太显明的政治条件，下一次谁知道！如果美国说除非保守党出面不肯借款时，工党政府怎么办呢？为了人民生活的着落，是否必须接受这类条件呢？这是谁也不敢预言的。

美国，美国，为了你发愁的岂只是英国的工党！

历史是曲折的，在短距里是难于预测的。但是一个软心肠的人，不愿意世界不断遭受战争的惨痛甚至可能毁灭的人，眼睛总是向着光明看，即使这光明只有一线。向光明看的人，还是记得罗斯福在美国所做的一切，所允许给世界的一切，以及他所铺下的道路，我在初访美国时所见到的那一条不必流血而可以达到的自由和平等并驾齐驱的道路。就是这副眼睛，这副心肠，又在世界的另一角里看见了同一方向的努力，同一道路上的伙伴，我这样写下了这本《重访英伦》的小册子。但是我似乎已丧失了两年前的天真，我已隐隐约约看到了这道路上的绊脚石。真如拉斯基教授所说：暴力革命是可能发生的，但是我们为了文化，总得向避免暴力的方向前进。

1947年5月4日于清华新林园

《工党一年》译者序

我在英国过了一个冬，春天回到北平。10多个星期的留居，事实上不能对这正在剧变中的英国有充分的认识。旅行了一趟回来，朋友们一定会问起我关于英国战后的情形，我既是抱了看看工党在英国实施社会主义的目的而去的，回来了自然也不能都以"不知道"三字作答，所以到我快要动身返国时，心里不免有点慌张了。正在那时候《企鹅丛书》出了一本 J. E. D. Hall 的 *Labour's First Year*。读了一遍之后，真是高兴，我可以交得出账了。这本小册子写得非常流利动人，把英国国会里的空气都充分传达了出来。当然，这本书里所写的都是巴力门的门内事，门外的情形只从辩论节要中间接写到；可是英国的巴力门确是英国政治的首脑，反映着全国各种利益、意见和政策，所以从巴力门门内也很可以看到这一年英国社会的重大改革了。

我喜欢这本书的另一原因是在它和我在英国所寄回来的通讯刚刚互相配合。我那本《重访英伦》是依我在民间和朋友们接触所得到的印象写成的，因之决不能把英国社会现在正在改革中的各方面原原本本地从历史发展上加以叙述，同时也极难周全，把各方面都看到说到。我自然希望看我的通讯的读者可以得到比较亲切的印象，而且我在英国时所寄回来的话也不免是和我们自己的处境特别有关的，甚至很多是针对着中国而说的，《工党一年》在这些方面正和《重访英伦》相反。它的长处却在能在这样小的篇幅中叙述出英国这一次不流血的革命，既周到又有根有据。一个要知道英国战后情形的读者可以在这几百页的小册子中，费一个黄昏，得到一个很具体，又相当公允的印象。为了要补足我那本《重访英伦》之短，所以我决定了翻译《工党一年》。

我一到北平就开始翻译这本书。可是这半年我教书的工作却因补课而加重了一倍，所以只能在清晨和深夜课事完毕之后从事翻译。我怕这件工作会耽搁得太久，所以把十五章起到二十一章止请史靖先生替我分劳，因之，能在一个半月中把译稿杀青。我又费了两个星期校订了一遍，才寄出去给书店印行——这是翻译的经过。前面四章又经北平《雪风》半月刊拿去发表过，附带声明。

《工党一年》的著者 J. E. D. Hall，是剑桥大学念英国文学出身的。他出了校门常为各报写稿，同时在学校里教书。后来他的文名渐渐高了，才放弃了教员的职业，专门做记者。他现在常驻在国会里写专论给各报发表。战时，他在军队里担负政治和社会问题的演讲，后来写了一套有系统的专论叫《没有泪的威斯敏士特》，风行一时。他是个政治观察者，并不是政党的宣传员。他像其他忠实于职务的记者一般，相信读者可以在没有歪曲的事实中自己去下判断的。当然，这是个理想。有多少记者真能为读者服务不作歪曲事实的报道？但是在英国一般不由报馆雇用的记者，他职业的保障是靠他在读者群中的声誉，而英国读者政治意识的成熟，使他们不能不在有意无意中，站在人民的立场说话。换一句话说，在有言论自由的国家，读者有选择记者的权利，记者不会有欺骗人民的勇气。我认为这本书的记者就是这一种记者。如果他有偏见，这偏见也一定相当普遍于英国人民之中的。我选择这本书的原因也有一部分在此。我看过不少工党自己的报告，也看过反对党的小册子，都很言之有理，但是要有一本能把各种意见，从保守党到共产党，都加以介绍的却很少，这本《工党一年》是很少中的一本比较成功的书。

作者是念英国文学出身的。这本书在文字上的优美，笔调的简洁扼要，加上英国文人绝不会缺少的幽默风趣，虽则是这本书风行的资本，可是却给我翻译时添了很多的困难。英国的巴力门又不是个墨匣纷飞，喧嚣漫骂的场合。议员们在这里面不但做到了彬彬有礼的态度，而且多以文采风流互相竞耀。我以前在英国读书时，每天早上总要费半个钟头读《泰晤士报》的巴力门辩论节略，我的目的不在政治，而在学英文。这里面有着最漂亮、最动人的现代文学。我们尽管可以不赞成丘吉尔的政治见解，但是他的演说，从文学观点上去欣赏，没有人能否认他的成就。议员们演说时的声调、用字和论据都十分考究。而且英国人最喜欢掌故，幽默，甚至在谈话中用些有韵的诗文。在国会记录中，没有一届不能编出一本佳句集。《工党一年》原书的最后一章就是《佳句集锦》，我对此实在没有翻译的能力，不能不割爱了。只要看唐尔登财长在辩论最严重的预算时，会用一篇诗来作结论，就可以窥见巴力门的雍雍文采了。别的国家是从来没有这类韵事发生的。

我提到这些琐事，一则是想告宥于读者，我文学的造诣不够应付这些佳句，而幽默是富于国家性的。硬要翻出来，不但毫无意义，反而会肉麻难堪，有失幽默本意。有不少原书的精彩处，因为这个缘故而节略了。二则我想借此说明英国政治是很别致的，也很难使别国人了解的。他们不但不会因为有人反对自己而弄得涨紫了脸，满面臭汗地叫嚣起来；更不会派了某种人向反对者加以软硬的威胁，甚至闹出丑恶的惨案。这些在英国政治里是不能想象的。相反的，他们在朝的觉得非有个反对党辩一下不够劲，不足以把各项政策的要义取悦于人民，不足以表演自己的口才与热心，所以他们不但尊重反对党，而且还要拿薪俸给反对党领袖，说他是和执政者一样在为人民服役。反对党如果反对得不尽力，会受人瞧不起，因为他没有尽责。在本书中作者屡次暗示到保守党的窘态，为的是保守党找不出好题目，好立场来攻击政府。工党不但不感激他们的"合作"，反而觉得他们"无能"。有这基本的民主修养，他们才能像两队足球队在球场上比球一般考究功底了。巴力门是一个政治球场。议员们不但不感到辩论是"被骂"或是"应试受考"，而把这看成一个表演的机会。没有一个政治家不是在这政治球场上被人民挑出来负国家行政责任的。在这球场上不用手,不用脚,更不用墨匣、枪炮和手榴弹,只用嘴,只用话。于是,口才上的艺术也必然发达了。英国的文学,至少是散文和辩论文的发展,是有这种政治背景的。在别国,政治可以变成一个火坑,一个宦海,一个清清白白的人可以望望而去;但是在英国,只要有这彬彬而文,温文尔雅的巴力门,就够吸引人才到政治里去了。以政治技术说,我总觉得英国确有独到之处——可是正因为这个原因,使我这缺乏文采的笔在翻译这本描写英国政治球场的书时感觉到呆板和枯涩了。我虽竭力做到"达意"的标准,但决不够"传神"两字。

这本书是作者写给英美人看的。我在翻译时时常觉得它对于一个不太熟悉英国政治制度的人也许会有很多的隔膜。我自己虽则也是外行,但是既要翻译这本书,似乎有责任为普通读者预备一点必需的常识,使之读这本书时可以增加一点兴趣。

在上面我所提到翻译时所逢着的困难,其实并不是我个人能力太差所致,我如果想推却一部分责任的话,我想说在我翻译时所遇到的困难有甚于文字者在。内容本身我们中国人是并不太熟悉的,我们没有看见过这套东西,没有尝过这套滋味,要我用中国文字翻译一套中国所没有的政治制度,怎能不感到举笔难下呢?形式尽管变,精神可以依旧,所谓江山易改,本性难移。

英国的政治别致的地方却在形式不很变,而精神却永远像流水般后浪推前浪。在表面上看起来，英国的政治是最不容易明了的。他们明明有一个国王，而且是个人民大家很尊敬的国王——尊敬两字并不是虚话，皇宫门前的确有许多人民，在等候着一瞻御容的。御车开出宫门时，人民都会不自制地报以欢呼。尊敬到有感情，委实不容易——可是皇帝的用款，一项一项要受人民代表的检阅，甚至恋爱都没有自由。我们不是还记得那位不爱江山爱美人的逊帝么？国王的仪表依旧，权力却没有了。

旧瓶里装新酒是英国政治的法宝。他们喜欢古雅的瓶，但是，喜欢喝新的酒。让我再讲几件巴力门内的小事件来说明这相当别致的精神。

英国以前的国王也是很专制的，要杀人就杀人。巴力门是人民的组织，目的在剥夺国王的权力。在好几百年前，议员们在巴力门里辩论时，墙上也有耳朵，谁骂了皇帝，出了门也可能失踪的。所以在巴力门内发生一种避讳的规矩，在辩论时从不称名道姓，而用"The honourable member"（这位议员先生）。一直到现在还是这样。虽则议员的保障已是绝对稳固的了，要有言论自由，人权保障是绝不能少的。巴力门是个代议机关，是用辩论来代替内战的保险机构。这避讳名字的习俗，虽则已失时效，徒具形式，但是却成了一种有意义的象征。在巴力门内议员的言论须有绝对保障，不论说什么话都不能引用来构成说话者任何罪名的。我记得在1938年，有一个议员同时在防空部队当军官的，在巴力门内质问政府时列举事实说明防空准备的空虚，他所引用的数字却和军部秘密文件里的计划完全相合。军部大为震惊，认为秘密文件一定已经泄露，不能不赶紧彻查，所以用命令要这位议员穿了军服出席军事法庭。他拒绝了这命令，一口气跑到巴力门里报告被传经过，认为政府违反了基本宪法精神，干涉了议员在巴力门内言论的自由。那时欧洲风云虽然很紧急，国会却因为这案子停止了其他的讨论，临时划出三天来辩论这违宪案，所有的议员差不多全体认为军部大逆不道，甚至要求张伯伦内阁立即辞职。结果是政府引咎，但是因为时局关系，准免辞职。这场风波表示了英国政治对于基本民主精神的认真。国会永远不放心政府，片刻不肯轻易疏于防范。在极小的事体里，好像议员间辩论时的称呼，还是保留着那种象征性的避讳。

下院和上院间的关系又是一例。在早年，由贵族所组成的上院的权力大过于平民代表所组成的下院。平民和贵族间曾经长期的争斗。结果是平民胜利了，到现在上院只是一个舆论机关，没有实际政治权力了。上院尽管可以全体一致不信任政府，内阁可以一笑置之，不必辞职。但在平民和贵族争斗时期，上下两院形如敌人，互相不通话的。所以在下院说起上院时，只是"议会的那边"（other house），好像一个受气的媳妇用指头指指隔壁，代表婆婆的意思。到现在下院在政治上完全制服了上院，但是照例还是用"那边"来指上院。我有一次去找上院的一个议员，走到了下院的通报室（下院的议院在战时被炸正修理中，所以借用了上院的议院），那位警察看了看名字，摇摇头，向我说："我们不管他们的。"把条子还给了我。后来我问起朋友为什么这位警察这样不客气？他和我说，这是习惯，上院和下院表面上是没有往来的。他们"算"是冤家的呀！

每届国会开幕时，国王要发表他当时施政方针——国王训词——这篇训词在现在其实是下院多数党推出来的首相和他阁僚商量好之后起草的。议员们听了之后，政府党动议接受，反对党起立反对，于是开始常年施政方针最重要的辩论。我在这里想提到的是那个仪式。这篇训词是由国王向上院宣读的。国王和王后坐在宝座上，贵族们都穿了紫的红的礼服坐在两旁。后面站着下院的议员和他们的主席，这些人是来"窃听"的，所以没有座位。国王宣读了预备下的训词后，这些站在后面"窃听"的下院议员赶紧回去，主席就宣布"我已听到国王的演说，而且为了准备起见，我也取得了一份记录……"于是他开始念这篇由下院多数党领袖所起草的施政方针。这一套传统是早年下院地位低落，人民和政权站在相对立场时所产生的，但是这些形式并没有因为下院权力的扩大而有所改变。他们喜欢这些传统。在我看来一方面固然是表示英国人在政治上富于艺术性的趣味。把这些仪式化成纪念品，象征物，使大家永远想到现在人民的权力是经过一番努力才争得的。这样才使人民宝贵已有的收获，不肯轻易放松。另一方面不注重形式上的变化的人也正是重视内容的人。形式上的变化时常会给人一种内容也已经改变了的幻觉。譬如在中国，我们是最会改名字的。一个孩子多病，假装给了别人，另题一个名字，说是可以骗得住鬼。在政治上似乎也是如此，争取民主的革命只完成了个名字上的改变。名字变了好像内容也必然跟着变了。民主到现在还是这样渺茫。这和英国刚相反，他们可以容忍任何名字，但是内容上却不肯马虎。从专制政体变成了民主，从封建主义变成了资本主义，现在又在从资本主义要想变成社会主义了。别人总觉得奇怪，为什么英国人能逐渐改变，不需要流血的革命。这历史上的疑案，答案可能是很多的，但是重内容，容忍旧的形式也是使他们不会发生突变的原因之一。

英国那种厌恶暴力革命和不怕改革的政治精神是很基本的。可是他们尽管有这精神，如果没有个政治机构使社会可以不断的改革，还是没有用的，暴力革命还是避免不了的。英国在政治制度中有着避免革命的安全机构，那就是责任内阁制。在中国这个名字并不生疏，但是只是个名字，内容上和英国的所谓内阁制完全不同的。英国的责任内阁制是这样：负责治理国家的首相自己必须是下院的议员，而且是下院多数党的领袖。下院的议员是由公民直接选举的。全国分成很多的选举区，每区合格的选民选举他们的代表，就是议员。在举行选举时，凡是有被选资格的都可以参加竞选。普通候选人是由政党支持的。每个政党在竞选前发表政纲，就是向人民许诺：如果执政将实施某种政策。选民依他们自由的意志秘密投票。在国会中某党得到最多议席的就有执政的权利和责任。在英国虽有若干政党（本届国会中的议员所代表的有工党，保守党，国家自由党，自由党，曷尔斯脱联合党，共产党，独立劳工党，此外还有若干无党无派的独立议员），但目前主要的是两党：工党和保守党。工党以393席为执政的政府党，保守党以189席为反对党的首领。第二在野党是自由党共25席，共产党只有两席。政府党提案必须得到国会里多数的支持，如果得不到多数，内阁必须辞职，或是解散国会重新普选。首相在必要时可以解散国会，这是因为可能当时反对政府的那些议员并不能代表人民的意见，首相可以有一次机会让人民直接表示一次意见，是否支持他的政策。如果新国会还是反对政府的提案那就算是定局，内阁非辞职不可了，这是所谓责任内阁。这是指政府必须向人民负责，执行人民大多数同意的政策。人民不同意，他们必须下台。

读者也许会问，假如某党议员一定支持该党的政策，又假如该党得了多数议席，事实上怎么会发生倒阁的事呢？这里我们又进入了另一个重要的问题，就是：政党的性质是怎样的？

议员是由人民选举出来的，他是向选举他的人负责的。在英国做议员实在是件苦差，薪水极低，而且事务极忙。在他选举区里任何人都可以找他去和政府办交涉。如果公共汽车的路线离家太远，也可以写信给议员，议员就得去信市政府询问为什么某街某村没有经常的公共汽车。诸如此类的事一天不知要发生多少。当一件重要的议案在讨论时，他一定会见到许多选举区的人来表示意见，收到很多的信，要他说话。他就得常常体察选民的意向，如果他不顺从多数选民的意见，他下次就不易再度被选。每个议员投票时，不能不考虑到这票投下去之后，他的选举区里会对他有什么批评。每次投票的名单是都要公开的。

政党不过是政见相同者的组织，并不能限制人民的政见，因之在人民中间并没有"党籍"。每次选举时，每个投票者可以自由选择他支持的对象。候选人却必须公布他的政见好让人民投票。为了选举时便利起见，各候选人公开表示他所支持的政党，同时也可以受到政党机构的支持，而且可以避免相同政见的人在同一选举区里竞选，减少被选机会。受到某党支持而被选的议员在名义上是某党的议员，同党的议员组织成一个团体，决定国会里的各种问题。多数党的国会党团决定政府人选、政策和辩论时的技术等。在普通情形下，政府的政策总是能得到本党议员的同情的。但是我在这里要指出的就是议员并不是非接受政党支配不可。在本书中曾说到在社会保险法案两读过程中曾有199个工党议员因为已签过字向友谊社保证，不能支持政府政策，引起过很大的周折。最后有12个工党议员还是投反对票。每个议员都有投反对票或赞成票的自由。换一句话说，他们是可以尊重他们对选民的意见而反对自己政党所组成的政府的。

工党第二年中在外交政策上引起了许多工党议员的反对，又发生过一次严重的"反叛"。他们公开在议会里指斥贝文一味做美国小伙计的危险。那次反叛而且正发生在贝文在纽约参加外长会议的时候。这使政府很窘。政府不能不要求信任投票，反叛的80多人拒绝投票，贝文政策以多数的票子获得国会的支持。但是从此贝文口口声声要独立外交了。最近他在莫斯科已经和苏联恢复商约,在经济上逐渐脱离美国的牵绊。假如贝文完全不顾反叛派的意见,一意孤行,这80多人可以投反对票,加上了反对党的票子很可能造成国会对内阁的不信任了。

议员是向选民负责的,必要时可以反对自己政党的政策。这是很重要的,因为民主政治并不是政党政治,而是人民政治。政党只是个人民表示意见的机构,不是控制人民意见的机构。议员处于政党和人民二者之间,他们尊重人民意见的传统使英国民主可以不致流入寡头政治的陷阱。

政治不能没有从政者的良知作基础,但是也不能完全依靠个人的良知来支持的。议员们可能和人民脱离关系的。英国选民并没有召回或罢免议员的权利。如果国会里300多个议员都为了自己小集团利益打算,靠了国会里的多数地位,违反民意地倒行逆施起来怎么办呢?在英国这种情形从没有发生过,即使发生了,也至多5年。5年必须举行一次普选,除非有紧急情势好像战争等才可以延期。这里又有一个英国政治的微妙关键。依理论说,国会是最高的主权,它除了不能使男变成女之外,一切都可以立法。它自己可以立法延长议员的任期,甚至可以立法都自称为皇帝——假如多数议员突然发疯了,要这样,他们也可以,那时英国不流血革命的传统也就会结束了。英国能不流血而得到不断的改变,一方面固然是因为有个可以容纳改变的政治机构,另一方面还是有传统的政治风度。没有人想流血,没有人想以身试试人民的力量。丘吉尔在风云叱咤之际，一旦不能在国会里得到多数议员的支持，立刻辞职了，没有一点犹豫。这种精神才保证了英国不流血革命的传统。

在本书里常常提到立法的程序，我想在这里说明一下。提案有两种，一种是政府的提案，一种是议员私人的提案。在本书里提到过目前私人提案受到限制所引起的反感。但是不论过去或现在，国会里重要的议案大多是由政府提出来的。一个政府上了台，有许多在竞选时许诺的政策必须实施，政府必须根据这些政策制成许多法案，向国会要钱要权。譬如说工党政府决定要实行公医制度，第一他们要有钱去造医院，去请医生。这份支出须由国库担负，就得加入预算里。预算必须在国会里通过。政府要收税，每种课税，税率如何，项项都须立法。预算通过了，公医制度本身一项一项的办法要明白写出来，成为一个法案，又要在国会里通过。政府的一举一动不能不先得到国会的同意。立法就是得到国会同意的手续。

法案是政策的具体化。政策本身在竞选时早已由政党提了出来。他们得到了人民的批准，就得实施这些政策。这是内阁全体负责的事。所以一切法案都得先在内阁里讨论。内阁决定了原则才把这件事交给哪一部去执行，或是成立一个新部来专司其事。假如所提的法案不能在国会里通过，内阁就得全体辞职（内阁包括重要的部长，并不是全体部长）。内阁所决定的是原则问题，至于实施时的技术问题必须是由有专门知识的人来设计,那是政府里常务官的事。英国的"文官制度"是世界上最有名的。在英国政务和常务分得十分清楚。政务官是决定政策的,都得由人民选举出来的议员充任,在数目上很少。大部分在政府里办事的都是常务官,和政党无关的。他们接受政务官指示,执行事务。一切法案的技术问题都是由常务官经办的。英国政府里的常务官有60万人。这些职业的官吏,依他们的才能,不是政见,去服务于人民。他们有职业上的保障,政务官不能以政治原因去开除他们的职务。也因为常务官和政党无关,所以没有人以猎官的动机去加入政党,政府才能成为一种意见的团体,不是一种职业的团体。在英国并不像美国一般,一朝天子一朝臣,重要常务官的任命——都要在国会里去通过,受政党政治的影响。当然更不像我们,政党和官场不分。英国政务官的首脑是首相,名义上是国王任命,实际是由国会里多数党推出来的领袖。他有权选择政府里的政务官,但是所有的常务官却都由考试和铨叙中选择出来的。首相不能任意取舍。

"文官制度"的长处使政策决定者和执行政策者分开,政策可以常因人民的意见而改变,政策的执行机构却是经常不动,所以没有脱节生手之弊。这本是政治制度上的一大贡献,但是在政策变得极快的时候,常务官要完全没有政见是不容易办到的。譬如说,一个握有很多铁路股票的交通部常务次长是否会忠实地执行铁路国有政策是很有问题的。当然英国政治传统可能使他公私分开,但这种情形中常务官的私人利益和"政见"也可能阻碍政策的顺利推行。工党执政后，在殖民和外交政策上表现得最为落后，曾引起许多工党议员的激烈批评，甚至"反叛"。这两部表现得最保守的原因之一是在这两部里所派出到海外去的常务官对于工党社会主义的精神很隔膜，甚至是反对的。在殖民地做官的人要心甘愿去执行殖民地独立政策是很难的。而同时这些官吏又必须有相当专门知识和实地经验，工党在野时代很少机会训练这些人才，结果在短期间无法推行他们在竞选时所许诺的政策了。

很多观察者常批评贝文的外交是保守成分多于工党成分。事实上，支持贝文的保守党也可能比工党为热烈。有一位朋友和我说：贝文依靠驻外使馆供给情报，而这些使节多是保守党执政时代训练出来的。他们的看法和这新时代不合，即使他们很忠实的报道，但是他们对于事实所作的解释还是用着传统"强权政治"的公式。贝文和其他政务官不能自己去找情报，结果自然不能不被保守观点所束缚住了。在本书中所描写的英国对苏联的态度很可能就是这样引起的。贝文所表现的是"不明白苏联"，他缺乏个能明了一个新时代所必需的耳目。英国的外交受到了很大的影响，也是世界共同的不幸。

贝文为什么不起用工党人才去出使外国呢？他受了"文官制度"传统的限制。他不能派出议员去做大使，政务和常务是不许混杂的。要当大使必须经过很长的服务年代，而现在在这些部门内的官吏却正是"上层社会"子弟所包办的。

他们在"贵族学校"里训练出来,在保守的上司手上传下来的一套看法,决不是一年半载可以改变得了的。英国的作风决不会性急的,他们宁可慢一些,决不愿意因为这个弊病而取消文官制度。我的朋友告诉我:"慢慢地教育他们,慢慢地我们可以有个不会阻碍社会主义的文官机构。"慢慢地,一切似乎都能以时间来医治。我不知道这是否智慧,但是我很相信他们的稳重,宁愿以时间去换取纷乱的代价,确是一种可取的态度。

常务官把一个法案的技术问题都弄好了,部长就要考虑到在舆论上对这法案可能引起的攻击了。在这个阶段,他得征集在政府之外的各种专家和有关团体的意见了。英国民主的基础不只在巴力门和认真投票的选民,而也在无数有关于各种利益和兴趣的组织。我很想说,在英国任何有关公共的事都是有组织的。三个房东老太婆可以每星期聚一次讨论怎样对付房客。一个和某房东吵过嘴的房客很难在附近租得到房子。钓鱼、下棋有社,扫街的、捡垃圾的有会。会社之间又有各种各式的联合会,一层层把英国人民组织得井井有条。这个有组织的社会才是民主的、有效力的政府的重要基础。政府有任何政策想实行,开始就是由这许多基层的组织推动的,到了具体的立法阶段时,政府必然又要找他们去磋商。

有一位朋友很得意地告诉我,她现在年纪已老了,但是平生至少做过一件事,就是改良监狱。她起初组织了一个改良监狱的会，聚了几个同志宣传这个主张。这是和政党无关的。他们来调查监狱，写文章为囚犯呼吁。后来给他们说服了的议员就去向政府讲，决定立法了。司法部就请这会的负责去详细讨论，把法案写定，结果在国会里通过了。她现在想起了这成就觉得很安慰："我没有白活这一生，至少有不少囚犯，因为我们的努力而得到合理的待遇了。"——我记下这事来说明政府怎么和社会团体合作。这样的政府才是代表人民，为人民服务的政府。

政府并不能依靠政党的机构保证法案的通过。它一定要得到社会舆论的支持，由社会有关团体去说服议员，去要求议员支持这法案。这是叫 lobby。lobby 本来是指会客室。巴力门内有一个大的圆形的通道，在这里总是有很多人等着和议员说话，运动他们要他们支持或反对某个法案。因之这个字成了"拉票"的意思了。这并不是个坏名词，而是指人民怎样直接去影响议员的方式，是舆论和政治直接接触的地方。一到付表决时，议员们都要先退到这通道里，那时紧张极了。最后他们决定了自己的态度才走入支持或反对的一面，据说有时这种吵闹会把他们弄昏了头脑，走错阵线，丘吉尔自己承认平生不止走错过一次。

经过了事先和有关团体接触过，在 lobby 里开始活动了一阵，政府可以有把握向国会正式提出这法案了。每个法案在国会里一共要宣读三次。初读只是一种形式，表示这法案提出了。两读是最紧要。反对党从初读之后就开始准备怎样攻击、研究、讨论、分配工作，摆出阵势。两读之后，辩论就开始了。可是这次辩论是限于原则问题。一阵辩论之后，这法案就交到"委员会"。如果这法案太重要了，全体议员都是委员会的委员，在议院里继续辩论细节。不然各党提出参加委员会的议员，在小房间里从长讨论。一字一句都得讨论一番。政府方面不断地依攻击的重量加以必要的修正。三读也是一种形式，付表决，否决或通过。一旦否决，问题就大了，以上已说过。通过了就成为法律。

下院通过了法案之后，然后送到上院。上院的议员是贵族，凡是贵族（由国王封的）都是议员。他们并不是由人民选举的。英国上院目前一共大约有800个议员，但实际到会的不过几十个。在37年前上院还保持着对下院所通过的法案的否决权。在1910年这项否决权被下院取消了。现在上院对于立法上可能做到的至多不过延迟一项法案的成立，但不能超过两年。事实上，上院在过去的37年里从来没有利用过这拖延权，因为政府时常自动地迁就一些上院的意见，上院也从不表示不肯妥协的决心。

上院虽则是贵族政治，或是封建制度的遗留，但是民主的英国并没有取消它，只是不断地剥削它的实权。到现在上院绝不能再危害代表人民的政府了。同时却表示出了它对于英国政治的贡献了。上院的议员一部分是世袭的，一部分是社会有功绩的人被封的。后者的数目日渐加多。他们不愁失去议席，所以说话可以毫无顾虑。他们既是各行里的杰出人才，对于各个问题都可能有很远大的看法，远大到一时不易为普通人民所能接受。也因之不是下院的议员所敢发表的，他们可以自由地发表。可是一旦发表，社会上就跟着可以讨论，提引舆论，这可说是一种启蒙性的工作。最近牛津贝利奥学院院长林赛贵族对中国问题的发言即属此类。现在工党政府绝没有废除上院的意思，他们正在想充实上院，从世袭性的贵族变为社会性的贵族。上院的性质在改变中，形式是依旧。

一个法案须在上院同样的经过三读，习惯上只能在政府同意中有一些稍稍的修正，通过后交给国王，经国王签署之后成了法律。国王除签字之外，别无其他事可做。从1708年以后从来没有否决过一条法律。

本书描写了英国怎样开始他们"社会主义"的试验。英国人所谓的"社会主义"已有很长的历史。自从资本主义在英国兴起，英国的都市毫无计划地随着扩大，多雾的岛国氤氲着窒息的煤灰，在那些工业区的贫民窟里造出了人间地狱，这种情形对于西洋传统的宗教观念太不相合，于是发生了富于道德意味的乌托邦社会主义。这些社会主义固然不切实际，但是维持了人类生活应该达到的价值标准，它们否定资本主义所产生的社会秩序是个完善的秩序。

资本主义在英国的早期虽则在工人阶级中产生了可怕的贫民窟，但是它促进了技术的改良和海外的拓殖，在这工业中心累积了财富。这巨额财富固然是集中在少数人的手上，却也有一些流入平民中去提高他们的生活程度。英国的工人成了无产阶级中的优裕人物。乌托邦社会主义的宣传也使在资本主义中兴起的资产阶级感觉到社会工作的重要,所谓社会工作就是像救济、保险、社会服务等工作。我们不能否认现在工党政府的许多重要社会主义的政策是以已往社会工作的成就作基础的。譬如社会保险是自由党劳合乔治执政时实行的,现在不过是把这原则推广,把范围扩大罢了。

资本主义的特征之一就是生产工具的私有。在生产技术很简单的时代,生产工具成本便宜,大家可以备得起,私有是不成问题的。但是科学发达,生产技术复杂之后巨大的机器决非普通人可以买得起来,生产工具如果仍属私有,必然属于少数人了。这少数人靠了生产工具的所有权可以支配生产过程、分配的比率和整个经济的内容。这些少数人如果为了他们自己财富的累积,必须要在生产盈利中划出一大部分归入资本项下,劳工的工资也就无法提高,造下了贫富的鸿沟。

以谋利或累积资本而生产的经济机构最后会遭遇困难。生产而要谋利,价格一定要超过成本,所出的货物必须保持在一定数量上,使社会上老是有着在这价格下要买这货物的人数,换一句话说,在市场上一定得保有相当的购买力用以维持一种货物的价格。如果购买力降低,要维持价格就得减少生产。资本主义在这里有着个微妙的关键。社会购买力的大小相当于工业里分配给劳工作工资的数目。劳工们拿到钱必然要很快地去买东西,所以他们的收入是最有效的购买力。但是工资在资本主义经济中是一项生产成本。成本愈低,盈利可以愈高。为了提高盈利,必须压低成本,工资不能提高，购买力也不能和生产力一样提高了，结果发生了在有利可得的价格下，没有足够的购买力了。于是生产停顿，发生不景气——当然为了要避免不景气，资本主义的经济已采取了很多的补救办法。他们可以在海外找市场，以廉价，甚至低于成本的价格，抛售货品；他们可以在技术上压低成本，使工资方面可以松动一些；他们可以借政府力量控制投资，创造购买力；他们甚至可以走上法西斯的道路以国库来购买军火及其他生产品，维持资本家的盈利——这些我不能在这里详论。但是资本主义不肯改变的是生产工具的私有制。而且再加上企业家的自由竞争，使科学所给予人类的庞大的生产力不能顺利地和有效力地去提高人民的生活程度。

资本主义在历史过程中有它的贡献，它能比封建制度更有效地提高生产力，但是也有它的限制。英国的煤业是个很好的实例。英国的煤业发达得最早。煤矿的所有权是分散在很多矿主手上。各个矿主，或各个矿主的集团，分别经营他们的业务。投资到矿业里去的资本目的并不是在发展煤业，而是想在煤业里得到盈利。于是煤业的消长随着其他工业部门所能给的相对盈利而决定了。英国的煤业所能吸收资本的力量因其他动力工业兴起而减少了。在旧技术下产生的煤业除非有大量的长期投资已没有能力改良生产技术；生产技术不加改良，所得到的盈利也愈少，愈不能吸收资本。矿工的工资也因之不能提高，他们的生活无法改善，年轻的工人们凡是有其他办法的都不愿做矿工了。煤业的萧条，使英国从上次大战起产量日渐降低，到目前稍遇交通阻碍就会发生煤荒。这是说，如果把这动力来源的工业交给分散的私人矿主去经营，就很少复兴的机会了。但是如果英国的煤业一任其式微，对整个的工业都会发生不良的影响。为了国家的利益起见，要有效地重兴煤业，显然不能依靠私人投资和分别经营的资本主义了。当然，他们可以由国家垫款给矿主，并组织联合机构来经营以保持企业私营的原则，但是问题是国家为什么一定要让矿主们取了一部分盈利之后才去整理煤业呢？这样不是增加了纳税人的担负了么？为什么不直接以公平的价格收买了矿产，直接由国家投资和统一经营呢？为什么不把煤业里可能得到的利益分别用于改良技术和提高工资呢？——这样，资本主义的原则被改变了，成了社会主义的企业。

社会主义的界说是很难下的。英国现在所实行的所谓"社会主义"是企图把有关国计民生的基本生产工具收归国有，使一国的资源能充分地为国家的利益而作有效的利用。他们也将逐步使人民生活上基本的需要，衣食住行，得到保障；必需品的分配要根据需要而不根据各人的财富。他们也将以政府的权力计划经济的繁荣，一方面使生产力增高，另一方面使生产品作合理的分配，以避免资本主义中常常发生的不景气。

英国所实行的社会主义常被称为温和性的，因为他们并不像苏联一般没收所有的生产工具。他们只逐步地收买基本的工业为国有。其实他们是想以扩充公用事业的范围，使很多的重要生产和服务的事业在政府的监督和计划下，尽量提高人民的生活程度。

温和的社会主义不但在性质上并不是全盘的,在步骤上并不是突然的,而且在达到这目的的手段上也并不是暴力的。斯大林最近和英国工党的访苏团说,英苏两国是异途而同归。英国的注解是:"我们虽费时,但是不必流血。"意思是各有长短。

英国所以能采取温和的"社会主义"自有它的历史背景。英国工业发达得最早,而且因为它的地理关系,建造了一个偏重于工业的国家。他们10个人中只有两个不住在城市里。英国的工业是在资本主义中发达起来的,贫富的鸿沟就划在有没有生产工具的界线上。马克思对资本主义的分析大部分是根据19世纪的英国社会。在英国确是有个广大的无产阶级。马克思预言共产主义将在工业最发达的国家发生,可是并没有实现。原因固然是很复杂,但是有一点可以提到的是英国劳工组织的强大足以利用原有民主机构达到执政的机会。而且我们也不应忘记,英国工党真正得到执政机会是在这一次反法西斯战争之后。在战争中,为了英国各阶层共同的安全,资产阶级不能不和广大劳工阶级密切合作共同应付国难。工党的得到执政机会是以他们捍卫祖国的坚韧和牺牲换来的。战后英国经济的危急使资产阶级很容易明白,除非把复兴的责任交给劳工阶级,很难有复兴的机会。英国经济的复兴是英国人民共同的利益。在去冬煤荒时,保守党议员公开承认,如果保守党在朝,这问题可能更为严重,因为他们很难得到劳工的合作去克服这危机;甚至可能在劳资间引起冲突，发生罢工，打击经济复兴的基础——战后的现实，加上了英国政治的传统，和资产阶级的远见，使英国可以不必经过暴力的过程而进入了温和社会主义的阶段。

劳工的组织是资本主义经济中传下来的遗产。英国人民本是个有组织能力的人民，而且他们在政治上有着长期争取民主的历史，言论和组织的自由是全社会所共同重视的权利。劳工有着共同的利益，他们很早就团结起来争取"较高工资，较低工作时间"。他们工会的目标是很具体的。他们最初认为这些目标可以用集体交涉的手段，压迫资本家，就可以得到。但是问题并不是在资本家的心肠里，而是在经济制度本身，在原有制度中劳工的待遇是无法充分提高的。所以工会运动到最后演化成了工党。劳工已认清非从政治入手不能达到他们的要求了。在这里，我愿意提到英国知识分子对工党的贡献。英国的工党是由工会的机构和实力加上费边社的才智和热忱而成熟的。费边社是少数知识分子研究政治经济的团体。著名的学者如韦柏夫妇、格来亨姆、华莱士、柯尔夫妇、拉斯基教授等，文学家如萧伯纳，都是费边社的台柱。费边社到现在还不是工党的一部分，它不是个政治的团体，而是个研究学术的团体。他们研究工作的对象是现实的社会，他们的主张是社会主义。几十年来，他们对于英国社会每一个问题都有专刊讨论。他们教育了英国的劳工大众，使他们知道只有从政治入手方能改变英国的经济制度，才能解决劳工的生活问题。工党成为一个重要的政党还是在第一次世界大战之后的事。50年前工党在国会里的地位等于现在的共产党，只有两个议席。

代表劳工利益的政党在政治民主中本来是很容易获得政权的，因为在这些工业国家，劳工在人数上必然比任何其他阶级的人为多。但是在这些劳工阶级中占有优裕地位的英国工人，政治见解却相当落后。他们在这次大战之前，普选中并不一定支持工党。工党本身领袖人才的缺乏也是不易获得人民信任的原因之一。握有财权和舆论机关的上层阶级，加上他们知识的特权和政治的内行，很能左右着选民的意志。即使工党有了执政机会，好像麦克唐纳时代，他们可以发动他们的金融力量，随时予政府致命的打击，使工党的领袖向保守势力投降。工党在政治上的地位最后还是要依靠劳工阶级政治意识和教育程度的成熟。所以一直等到这次大战之后，英国才初次出现了拥有下院绝对多数的地位的工党政府。

正如本书开始所说的，工党这次成功是出于一般预料之外的。这也可以说明工党的上台多少是缺乏充分准备的。而他们上台之后所逢着的问题实在是严重和复杂。即以上台后一年零10个月的今天说，英国的经济危机还是没有过去。在这战后的惊涛骇浪里，一辈并没有太多行政经验的人物，要使英国积重的传统社会蜕变成一个社会主义的国家，困难的情形是可以想象得到的。我不必在这里叙述他们所逢着的各种问题，因为本书将逐一说明。我可以在这里特别先提到的是英国政府并不能在内政外交方面同时有种种合于社会主义的改革。他们在国会里虽有着绝对的多数，但是在国会之外却还是有几百年传下来的有力的资产阶级。这个势力反对国营政策，反对必需品的配给，反对国际贸易的统制。我一次在上院旁听他们的辩论，有一位老贵族愈说愈气，转过头来向我们旁听席说："中国多好！一切都比我们英国好，你们有自由，我们已经什么自由都没有了！"——这种人自然不会太顺眼于工党的政策，而他们在英国还是握着经济的权力。不但在国内，来自国外的阻力也多着。借钱给他们的美国，尽管血浓于水，"社会主义"的英国多少是美国在朝者、拥有财力者的眼中钉。英国工党政府的处境并不是太容易的。因之，他们得妥协，得迁就，到现在在许多对内的主要政策上还是不能贯彻他们原来的主张。

我们对于英国所特别关心的自然是他们的外交，不是他们的内政。不幸的，工党上台后一年在外交上可以说一点没有新的作风。于是英国很使国外的人失望了。工党外交和保守党外交有什么分别呢？希腊的维持反动政府是贝文所支持的。在列强间，英国并不能成为美苏间的桥梁，而一贯是美国的小伙计。这些都是事实。不但我们在国外身受战后反动势力之害的人如此看法，即是工党议员中也有近1/4的人公开反对过贝文的外交。我们要了解英国的外交应当从他们的处境着眼。贝文已屡次表示，英国若不能恢复战前的经济地位，很难有健全的外交。这是实话。他们要恢复经济地位就得向国外去乞援，美国成了他们的债主，在过去连粮食都得依靠美国。他们怎能不向美国低头？这是贝文的烦闷。但是他的烦闷显然不像我们那样望不见底。一旦他们经济上有了办法，他们还是可以不必事事看美国颜色的。当然，我们还是无法预测什么时候英国的经济能安定，更不能预测工党是否能在国内和国外反对社会主义的势力下维持到安定经济的时候。这些只能留到工党第二年、第三年时候再说了。

这本书记着一个被战事所破坏过的国家怎样走上建设道路的故事。他们要在痛苦中造出一个比战前更公平，更繁荣的国家。这不但应该使我们羡慕，而且更应该使我们警惕，我们怎样？——当我在写这篇序文的几天里，门外的学生们正为了"反内战，反饥饿"在受压迫。愤恨的声音不断的传来，我还有什么话可说呢？

1947 年 5 月 24 日于清华园

工党两年

"风暴决打不倒我们,冰雪也阻止不了我们,我们原是水手出身的国家。"——这是今年 2 月里在克罗艾顿机场上送我返国的英国朋友和我握手道别时说的话。那时,工党政府刚克服了煤荒的风暴。飞机掠过那还满盖着白雪的大地,我手里翻开着 Hall 的 *Labour's First Year*——《工党一年》。回到北平,我把这书翻译了出来,这是一本充满了成功的记录,社会主义者的安慰。现在这译本还没有出印刷所,而工党的英国已进入了第三年。当他们在马盖特年会里说完了还充满自信的报告,一脚踏入这另一年头,比去冬煤荒更猛烈的金元荒的风暴却袭人而来。此刻我在人静蛙喧的北国深夜里,翻着连日以英国危机作头条新闻的报纸,提起这笔,回想这在战后艰苦里奋斗的工党两年,机场上临别时的壮语,如在耳边。

金元荒的袭击

工党继承了一个必须加以清算的帝国。不愿负起这的确不大愉快的历史使命的丘吉尔的悄然下野已表明了英国的出路只有这一条了。希特勒帝国之梦固然被这约翰牛的固执所戳破，但是大英帝国却也无情地在这场苦斗中被拖下水。帝国的脊骨是它海外的资产，靠了这笔放在海外的资产，它可以坐吃利息。依贸易本身讲，英国三岛总是入多于出。它在战前经常有近于一半的输入是可以用海外投资的利息去支付的。因之，英国可以担负得起帝国的维持费，世界第一海权的位置，同时还可以给人民比较高于欧洲各国的生活程度。

战争是败家的事，尤其是现代那种赌武器的战术，加上了武器毁灭性的伟大，一仗打下来，绝没有胜利的人，所谓胜利也不过是比较损失较小的意思。英国为了生存，在战时把海外的资产至少已用去了2/3，同时又向埃及和印度借了要上利的巨款，一直到罗斯福实行了租借法案，英国老本的消耗率才算收住。但是帝国的脊骨已经瘫软了。

没了海外的资产，帝国两字其实已等于一个空洞的招牌，空洞的招牌倒还有纪念和装饰作用，帝国的排场却是不易维持的。所谓清算帝国并不止是名义上的放弃殖民地，而且得收拾起这没有实用的排场。这是家道式微的世家们所熟知的需要，但是这却是不易的。这里不但有失体面，心理上难受，而且需要另外一套处世待人的精神，一时很难变得过来。

工党在这现实中还是缺乏承认这历史任务的勇气。他们的处境是困难的。家里已没有米，却还得请客，谁能当这家的媳妇？这个实况可又不能明告阔绰惯的小叔们。初次当家就收起原来的排场，家里一起哄，这家也就当不住了。工党上台时并不是不知这困难，但是心里有着一个如意算盘。他们指望先把家里的经济整顿清楚之后，再来改装门面。整顿家务时，因为他们社会主义的政策是有利于大多数人的，所以他们能把握住大多数人的支持，当家可以当得下去。如果一上来先从门面改起，反对力量可能会大到受不住。可是这巧妇怎能维持原来的排场，同时还要养活一家老小呢？工党的办法是向远房山姆大叔借笔款。那是前年（1945）秋天的事。工党绝不是个败家子。"英国不能永远靠美国的施舍过活，这是人民所不容许的。"——这话虽则在今年8月7日才出于斯坦雷之口，但是两年前当家的工党早已心里明白。他们有一个打算：美国借款是12亿5000万镑，依他们的估计到1946年年底，国际收支平衡差额将有7亿5000万镑，1947和1948两年，每年将有差额5亿镑。如果全部用美债来偿清也足以应付。三年之后，复员计划完成，贸易平衡可以不必贴补了。

英国人对复兴工作的努力是谁也不能否认的。在工党领导之下，没有过重大的罢工，而且在政府的管制之下，消费和生产都有计划的推进。1946年，工党一年结下的账，给他们满意的自信：预定的输出是7亿5000万镑，实际却是9亿镑。那年平均差额也因之比预算为低，只有4亿镑。在这4亿镑中还包括政府在国外用去，大部是军事上的帝国排场费的3亿镑，真正的贸易差额只有1亿镑。依那时的情形说，加入了物价上涨的因素，1946年的差额实际上是低于1938年的差额（7000万镑）。而且1946年所动用的美债只有1亿5000万镑，在下半年度还积下了1亿镑的黄金准备。那时的乐观空气是可以想象的了。今年2月里政府发表的经济调查认为1947年的差额不会过3亿5000万镑。素以批评工党政府著名的《经济学者》周刊在4月5日所发表的论文里还认为美债和加拿大债款合起来可以绰绰有余地用到1949年。可是乐观空气却没有持久。

四个月之后的情形却惊人的不利。半年结算时，贸易差额是2亿6000万镑，但动用的债款（美加两宗合计）却有4亿镑，比了去年下半年增加了一倍。债款的消耗愈来愈快，依目前估计本年度贸易差额至少要有5亿5000万镑，很可能到6亿镑；国外的费用将要2亿2500万镑。所以支出的美债5亿3700万镑显然不够应付了。在年底之前，可能把余下的2亿5000万镑也用去了，所以在英美经济谈判里英国代表声明美债已用去了3/4以上。这还是一个保守的说法，有人认为美债在10月以后即将告罄，可能是实情。

这是"金元荒"的风暴，比了去冬煤荒更为深刻。

对策的选择

面对这金元荒的风暴只有三条路可走：增加输出，使国际收支平衡；缩紧支出，减少必须用外债来填补的差额；再借一笔美金债款。第一条路是最理想的，而且是最基本的，但事实上是决非短期间可以做得到的。依艾德礼8月6日下院的声明，今年的输入至多不过恢复战前水准，这半年和上半年至多提高2%。这等于说是此路决不能解决差额的存在。而且提高生产，只有增加劳工、原料和资本。原料得向海外去购买，在短期内将增加差额，哪里来这笔外汇？劳工更成问题，英国国内已经没有闲手可以雇佣，而且劳工正在要求缩短工作时间。教育政策又在提高儿童学龄，除非能把海外的军队复员，绝无加添劳工的希望。海外军队的复员就牵涉到清算帝国的基本问题了。

工党政府现有的对策将偏重第二和第三条路。财长唐尔登已宣布减低输入的计划。据《经济学者》周刊5月31日发表的估计，限制电影、汽油、烟草和其他奢侈品的输入约可节省6000万镑，如再限制不急需的原料和食品可节省2000万到3000万镑的美元。一共不到1亿镑，在8亿镑的美债消耗中所占的分量不重。但是这种消费品的缩紧对于人民的享受却有极大影响。这影响是及于每个人而且是经常的。影迷和有烟瘾的人会因此而发生极大的反感。

现在的政府对策显然并没有决心去节省他们在海外的支出，而这一项却正是发生吸血作用的项目。我在上面已说过去年结算中的4亿镑差额中有3亿镑是政府的国外支出。据政府的估计单为了维持海外驻军每年至少要2亿镑的外汇。国防预算的总数是9亿，因为物价的上涨，这数目显然是不够的。这笔用在海外的支出唐尔登称作"看不见的输入"（invisible imports），成了消耗美元的巨大漏洞。

英国到现在还维持着130万人在军队里，比了战前，陆军增加了四倍，空军三倍，海军并没有增加。这数目在英国是可观的，因为战前在输出工业里的全部劳工还不到这数目。这大量的军队事实上一分发到海外去，还是很感到不够支配。79万陆军中，在德奥占领区只有13万，意大利1.5万，中东5万，多事的巴基斯坦9.5万，印度5万，东南亚2万，其余分驻国内和其他海外小据点。这是蒙哥马利认为最低的数目，不然反而不如撤退，还可免在战时重蹈香港、新加坡的覆辙。

维持这些军队在海外干什么呢？每年要费去9亿镑以上的巨款，2亿镑以上的外汇，把整个英国送入煤荒、金元荒，一次又一次愈来愈大的风暴中去，为的什么呢？煤荒的基本原因是人力缺乏，而英国有130万壮丁不事生产；金元荒的基本原因是"看不见的输入"太大，而英国用了每年2亿镑以上的美元去买给养供海外驻军的消耗——这是英国战后经济的致命伤，但是直到金元荒已经将颠覆这三岛的经济，人民已将没有电影看，没有烟抽的8月6日，艾德礼首相宣布将从海外调回的军队只有13.3万人！而同时还要声明"英国外交政策以及支持外交政策之国防政策俱无变更"。

如果英国外交和国防政策不变，这13.3万人从哪里调回来？这必然是蒙哥马利的一个难于解决的问题。

艾德礼如果没有勇气清算帝国，他必然会一次又一次地遭遇更严重的风暴，而总会有颠覆的一天。可是为什么工党英国不能赶快结束帝国呢？

风暴的症结

现代的政治是全球性的政治,直接看得到的是每个国家内部的危机。而一切危机推其来源,是出于国际局面的不安定,战争尚没有真正的结束。以英国说如果德日不投降,美国租借法案不停止,他们的经济是没有危机的;德日投降之后,如果大家有了和平的保证,即使没有租借法案的资助,至少美国借款可以使他们恢复元气的。但是现在表面上已和平,而实际上战争还未结束的尴尬局面里,英国是苦了。

战后世界得不到和平的责任固然是仁者见仁,智者见智,可以互相推诿,互相指摘。以目前说,似乎美苏该负的责任较大。英国的朋友们在我提到这问题时,总喜欢说:"朋友,你得明白,我们没有实力了,在世界政治里已没有力量了。我们有什么办法在中间阻住美苏的冲突呢?"这话自然是不错的,但是如果我们将来会有一本比较公平的战史,也许我们会读到下列的话:

"英国对于战后欧洲的设计还是根据着传统的方针,就是不顾欧洲人民自身的愿望,而想筑起一道政治的防线,阻碍欧洲强国的出现和扩张。它在战时和战后一贯的扶植可以作为防苏的势力来统治欧洲。在法国,他们曾为戴高乐撑腰,在西班牙支持了佛朗哥,在希腊引起了内战,在意大利遏制了民主势力,在德国占领区筑下了深沟和东部分裂——这是大英帝国传统的政策,工党上台之后并没有改变。"

我想这几句话并不能说是过分的。美苏的冲突固然还有其他重要的因素，但是英国的工党外交虔诚地承继帝国政策这一点，至少在欧洲一方面，是很难否认的。

我个人总认为在世界共同的政治机构没有确立之前，每个国家有理由要防止其他强国自私的扩张和侵略。但是这个戒惧之心必须有个限度，就是不应为了自己国防的需要而在别国领土之内去扶植该国人民所不愿接受的政权。这倒并不是为了什么道德上的理由，而是一个实际的考虑，因为这样做，必然会在这些国家里引起内部的纠纷，结果必须自己接受军事上的无限责任，在政治和经济上反而被自己所造下的泥潭所缚住了手脚，发展下去，也必然会引起本身的政治和经济的危机。

英国是我这段概论的实例。

欧洲的纠纷是战后世界和平失败的开端，而欧洲纠纷的开始是波茨坦会议的毁约，战火是从希腊烧起。英国的责任是很明显的。美苏最后的决裂是杜鲁门主义的公开，那也是因希腊引起的。英国现在固然准备退出希腊了，但是大错已经铸成了。欧洲分裂的局面业已造成之后，英国想洗手退出不但使华盛顿震惊，而且事实上是极难抽身的。这是艾德礼声明外交及国防政策不变的原因。

贝文抑贝藩

英国不能在欧洲的泥潭里抽身的原因是有关于第三条

应付危机的出路,就是再举新债。尽管英国不愿"永远靠美国的施舍过活",事实上最有希望,而且可以救急的,却只有"再去乞援"。

美国有钱要出借,英国借钱到手的把握是有的。但是山姆大叔一面出钱,一面却有条件。这条件也不难推想:第一是为美国自己的国防打算,要英国担任欧洲方面防苏的第一线。第二是为美国自己的经济打算,要进入英国原有的市场,扩充自己的势力。要做到这一层就得软化或甚至推翻统治贸易,主张计划经济的英国工党政府。

艾德礼愿意接受这些条件么?这是我们还不易猜测的关键。在报纸上所看到的消息说,在工党内阁本身已有严重的歧见。以贝文为主的保守集团认为"留得青山在,不怕无柴烧"。社会主义退一步并不要紧,如果因为金元荒而引起更严重的经济危机,立刻会影响到工党政府的生命。他最近向工会会员演说时就强调地要求他们全力维持工党政府,这是工人自己的政府,决不能容它坍台。他是过去外交政策的执行人,他有恐苏的病症。万一有事,还得拉住美国。

少壮阁员,卫生部长贝藩、粮食部长史曲莱契、燃料部长辛威尔是代表工党里的进步分子,他们坚持彻底执行国营化政策,反对美国苛刻条件,在社会主义的立场上自立更新,撤退驻外军队,减低政府海外支出,发动增产运动,向富有阶级征收更重的税。

在内阁里少壮派的势力远不及元老派。问题是美国的条件会苛刻到什么程度。写此文时,对这问题还不易推测,可以注意的是英美经济会议初步成绩只限于"兑换"制度的防止。美财长史奈德"并强调说明增加对英贷款问题将不予置议"。而且"史氏拒绝表示是否有意干涉英国国内经济，如煤矿之国家化等"。在英国方面则盛传艾德礼"因健康不佳拟于最近辞去首相之职"。甚至有"今秋英国可能举行总选"的推测。

如果美国要干涉到英国已经实行的国营政策，英国人民不会轻易容忍的。结果可能发生普选，给工党少壮派增加力量的机会，彻底执行"小英国"政策，清算帝国，实现社会主义的小康经济。如果美国能顾虑到这可能，能在条件上让步一些，只要求英国国营化政策暂缓推广，而在国际政策上拉住英国做小伙计，则善于妥协的英国人可能忍住这一口气，向美国人再低一次头。

在我们局外人看去，贝文的妥协政策并不能解决英国的基本问题，可能得到的只是一些时间，至于怎样利用这时间去逐渐缩小海外担负，增加生产，提高输出，平衡国际收支，那还得看政治家的本领了。可是经过了这次金元荒，不论是元老派或是少壮派都已承认帝国的排场是非收缩不可了。在两个月前工党马盖特年会里贝文和莫里逊所不肯接受的批评，艾德礼在8月6日下院的声明中已充分承认了：军队必须裁减。军队裁减也必然会改变英国的国防力量，因而影响到他们的外交政策。艾德礼所保证外交和国防政策的不变是无力维持的。愿意也好，不愿意也好，英国必须产生一个有勇气来清算帝国的首相。

工党两年已迫着英国人接受这历史的事实。如果他们要建设一个社会主义的新国家，他们必须放弃帝国的传统。

我去年4月所写"瞩望英国"的结论，还可以用来结束这《工党两年》的短论：

"英国人民是有远见的，即使迷惑一时，必能及时看到他们新的使命。我为了私情的依恋，更使我不能不这样寄托我的希望。帝国的结束不是英国的屈辱，而是英国光荣的再造。英国的雄心不要再在已麻痹了的躯体中去磨折那骄傲的灵魂罢！解脱了这陈旧的躯体，还有个晴朗的天地任你翱翔。"

1947年8月21日于清华园

英国政府的改组

10月7日英相艾德礼宣布政府改组名单。这次改组已经谣传了很久,但是在正式宣布名单之前还没有敢把稳地预测这位谨慎和不善惊人的首相将怎样调整他队伍的阵容。

在时间上说这次改组是巴力门重开会议之前的两个星期。巴力门的重开对于政府像是一个考试,执政党将在人民的代表面前宣告他们今后的政策。这次考试却不比寻常,因为英国正面临严重的危机。如果工党不能提出个具体的应付办法,人民将不能饶恕他们,可以就请他们下台。艾德礼改组政府阵容一方表示工党将抖起精神接受这次考试,一方也在改组中将表示出他将采取的政策是什么路线。

工党执政已有两年半,每届国会任期通常是5年,现在正走到半途。工党的第一年是个充满着愉快的蜜月,虽则在外交上并没有收到人民所希望的效果,但是在国内的种种措置上,没有人能否认这新政府的魄力和成就。去年冬天,执政一年半,国际局势的逆势,影响了国内的经济,政府的担子渐见沉重。新年方过,煤荒降临,直接的原因是天不帮忙,骨子里是急于增加生产俾能向海外换取日见短绌的粮食,以致存煤用尽,一逢冰雪阻碍交通,顿时慌了手脚。煤荒是克服了,但是从此英国经济的弱点却接连暴露。

英国所遭受的危机实在不能归罪于执政的工党。这是历史造下的局面,不论哪个政党执政,谁也逃不了这危机。英国是个输入原料粮食,输出工商业品的国家。它靠了工业先进的地位,在海外有着巨量的资产,所以他们在战前可以依靠这笔海外资产的利息,在海外购取粮食,送回国来,有如一个有着祖宗遗产的地主,每年有佃户们送租米来,所以不愁饥荒。这世家在这次战争中却把这笔祖业断送殆尽。当家的不能不拿现钱去买粮米,现钱哪里来呢?得靠输出。工党上了台,在增加输出品的生产上没有放松过。生产力量提高了,但是还不够。这笔不足之数靠向美国的借款垫足。依着预算,这笔借款可以成为一块"跳板"渡过战后的难关。可是预算是依着几个假定打定的,其中最主要的假定是欧洲局面在战后一年内可以弄出个秩序来,对德和约可以签订,军队可以迅速复员,英国无须继续担负占领军的费用。这些假定如果如愿达到,在今年年初就可以有足够劳力加紧生产,所有美汇可以用在国内的需要上,决不至于有经济危机发生。

不幸的是这些假定全没有着落,欧洲到目前还是一团糟。西欧的生产没有恢复,粮食还是依赖美国,美国方面却因共和党在国会里得了势,对粮食统制和限价的办法一一取消,在世界各国向美国粮食市场争购的情形下,粮价直跳,英国是非输入粮食不成的国家,粮价涨,耗费美汇的速率增加,把原有的如意算盘打破了。

继续煤荒打击英国的是"金元荒",就是英国快没有美汇可以支付了,也就是说,将要不能再向美国买必需的粮食和其他的原料了。英国生产将因之停顿,引起经济恐慌。

艾德礼在这届国会重开前必须拿出应付这危机的对策来。对策可以有许多。一种对策是再向美国借一笔款,款借得到,原有的算盘还可以打下去。可是这解决不了基本问题,如果英国不能减缩海外驻军,劳力无法增加,海外支出无法减低,欧洲局面如果不能改善,借来款还是不能成为渡过难关的跳板。可以得到的只是危机的延迟而已。

如果立刻着手减缩海外驻军,加紧复员,他们必须在欧洲有个交代,于是牵涉了外交问题。换一句话说,他们必须和苏联妥协,商量出一个和局。

在这里艾德礼碰着了个难题。没有一个和平的欧洲,英国是不能加紧复员,不能减低国防支出,这是很清楚的。和平的欧洲却须苏联和美国能合作,这却不是英国可以一厢情愿做到的。而且如果要斡旋这两个争霸中的大国,英国至少要准备接受一个强大的苏联在欧洲站稳,这却不是英国的传统政策。英国的传统政策是不许有个比它更强的国家在欧陆出现的。英国内心不愿苏联坐大,也就不会死心塌地地拉拢这两个大国了。

还有一层,能借给英国钱的是美国,美国正患着反苏狂热症。想借钱的自得投债主之所好,至少也不能惹债主的不高兴。英国在共和党势力中的美国国会眼中本来已是个不入眼的"社会主义"者。如果不顺着眼色"反苏"一下,这笔款也不一定借得来。因之,英国在外交上并不能走上我们才刚指出的道路了。

另外一个可能的对策是跟着美国走,把海外的军事责任交卸给美国,自己抽出身来,借了钱,一心一意地从事生产。这个对策也有困难。美国并不反对来接收大英帝国,但是美国却并不以此为满足,它瞧不惯英国工党的社会主义政策。要在美国大企业家控制下的政府手上借钱,就得接受自由贸易的原则。自由贸易是美国大企业家自由发展市场的必要条件。他们无意来维持英国,借款的话是要换取商业上的利益的。英国如果埋头于生产,不是会成美国竞争者了么?何况英国如果想埋头生产必须先解决市场问题,他们至少得维持金镑集团的势力范围。如果英国把最后的独占市场开放给了美国,它生产的货品向哪里去销呢?"帝国优惠"原则英国是不能放弃的,放弃了等于是自杀。

这两条路都不能走,艾德礼所接受的考题是困难的。艾德礼的答复是一个不彻底的两条路。

在他改组后的政府中,有着两个重要的部分,一是贝文所带领的对外部分,这部分并没有重要的改组,和他所配的国防部还是维持着旧有的亚历山大,这一位不受左派欢迎的人物,贝文-亚历山大的联系表示了艾德礼在外交上并不想有所改变。那就是说还愿做美国的小伙计。但是在这一方面却有一点修正。他把原任燃料部长辛威尔改掌陆军部。陆军部是不在内阁之内的,意思是说不决定政策的,只是行政的。辛威尔是保守党所最忌的人,是位工党里偏左的少壮派,他改掌陆军部是表示艾德礼有决心要加紧复员。

对内的经济是今后最主要的部分。这次改组中新设一个掌握一切经济事宜的经济大臣,统领一切有关部属。克利浦斯被任这要职。克利浦斯是工党里的"文人派",和"工会派"并峙。贝文是后者的领袖。克利浦斯的计划是"自力更新"。他将加紧统制,以政府权力来调整劳力和资源,提高输出使英国经济逐步走上正常的道路。

在克氏手下,有年轻的威尔逊,原是克氏贸易部里副手,继续克氏原来职务,更有素以少壮派著名的斯屈芬斯出任供应部长,燃料动力仍由辛威尔副手葛脱斯开尔继任。这是说在对内方面艾德礼决心向左偏倚。最重要的是供应部长的撤换。原来的威尔莫对于电气和钢铁业国营化是不热心的。现在改以斯屈芬斯出任此职,表示在国营化政策上,艾德礼无意让步。

其他被保守党攻击的主要对象,卫生部长贝藩和粮食部长史曲莱契,没有变动。我们记得在改组前贝文和贝藩之间意见相差很远,大有倾轧得不能相容之势。美国《时代》杂志也对贝藩大加攻击,说他是"独裁"。最后,艾德礼还保持他在政府里,表示艾德礼并不太容易向美国屈服。

艾德礼这次改组政府还是两头布置的技术。对内加紧社会主义政策,对外是向美国让步。他所希望是得到美国借款,但是并不接受政治条件。在必要时,他可以靠自力更生,但是不肯走麦克唐纳的旧路。

艾德礼是否能在矛盾中得到生路,我们还得等事实的

演变来证明。但是他的处境还是极困难的。难怪他在巴力门开幕时说:

"我们对外交上有增无已的紧张,和苏联联合国代表的态度,感到极大迷乱。"

1947 年 10 月 26 日

传统在英国

英国朋友们喜欢和我们攀交情,说是我们这两个民族都是有传统和爱好传统的。我听了这话心里实在觉得不好意思,在这方面中英两国不但不相像,甚至可以说是刚刚相反。英国表面上是爱好传统的,但是传统在他们只是个装酒的瓶子,外貌古雅,可是瓶里装的却常常是新酒。我们中国人特别对于外表重视,名字上一点都不肯放松,注重牌子,只是内容却常是腐旧不堪的传统。英国人客气要拉拢我们,我只觉得脸红。

我们要民主第一件事是自称为民国,把故宫改为博物院,皇帝的名目取消了——这些自然是要紧的,"正名"是不错的,可是以此为止,却弄成今日这个局面。英国到现在还保存个国王,表面看去也是认真得很。皇宫门前常有不少子民,会站着老半天等御驾出宫。一出来还要提高了嗓子欢迎一阵。如果说国王是个傀儡,谁也不肯承认。但是自从查理上了断头台之后,国王的政权却剥夺得快完了。他的用款要受人民代表的批准,这还算不要紧,连恋爱都要受首相顾问,不但顾问,恋爱错了对象,可以受到警告,甚至连国王的头衔都可以因之取消。我们当然还记得那位不爱江山爱美人的爱德华。现在谣传很多的伊丽莎白公主又在为恋爱烦心了。国王的仪表仍旧，只是权力没有了。他们的民主是这样得来的。

传统在英国政治里的牢固时常引起外国去观光的人的注意。让我再讲几件巴力门内的小节目，很能借此看到英国政治所倚附的精神。

英国以前的国王也是很专制的，要杀人就杀人。巴力门是英国人民费尽了力量逼着国王召集的民意机关，它的目的就在剥夺国王的权力，它和国王之间自难有友谊可说。当初，议员们在巴力门里辩论时，墙上长着耳朵，谁骂了国王，出了门可能就失踪了。所以在巴力门内发生了一种避讳的规矩，在辩论时从不称名道姓。指着辩论的对方时就说"这位议员先生"（The honourable member），若是要指不在眼前的人，可以加上议员所代表的选区的名字。一直到现在还是这样，没有提到别的议员的名字的，虽则议员的保障已是绝对的稳固了。

要有自由言论，人权保障是绝对不能少的。巴力门是个代议机关，是用口头辩论来代替用枪子决胜的保险机构。这避讳名字的传统，虽则已失时效，徒具形式，但是却成了一种有意义的象征。在巴力门内议员的言论须有绝对保障，不论说什么话，都不能引用来构成说话者任何罪名的。我记得在1938年，有一个议员，丘吉尔先生的女婿，同时在防空部队里当军官的，在巴力门里质问政府时列举事实说明伦敦防空准备的空虚。他所引用的数字却和军部秘密文件里的计划完全相合。军部大为震惊,认为秘密文件一定已经泄露,不能不赶紧彻查,所以用命令要这位议员穿了军服(意思是以防空部队军官的身份)出席军事法庭。他拒绝了这命令,一口气跑到巴力门里报告被传经过,认为政府违反了基本宪法精神,干涉了议员在巴力门内言论的自由。那时欧洲风云虽则很紧急,国会却因为这案子停止了其他的讨论,临时划出三天来辩论这违宪案。所有的议员差不多全体认为军部大逆不道,甚至要求张伯伦内阁立刻辞职。结果是政府引咎,但是因为时局关系,准免辞职。这场风波表示了英国政治对于基本民主精神的认真。国会永远不放心政府,片刻不肯轻易疏于防范。这种防范权力被滥用的精神,也充分表现在避讳称名道姓的传统里。

英国人民虽则享有全世界最民主的政治,但是他们却比任何国家的人民都念念不忘民主没有贯彻时的经历。下院和上院间的关系又是一例。在早年,由贵族所组成的上院具有很大的权力,远超过由平民代表所组成的下院。平民和贵族间曾经长期的争斗,结果是平民胜利了。在争斗期间上下两院形如敌人。他们虽则在威斯敏士特同一个大厦里分别开会,但是互相不相通话的。在下院里说起了上院时只说"那边",好像一个受气的媳妇用指头指指隔壁代表婆婆的意思。到现在下院在政治上完全制服了上院,而且感情上早已很融洽,但是照例还是用"那边"来指上院。我有一次去找上院的一个议员,不知道战后下院的会议厅被炸在修理,借用了上院的会议厅议事,所以找到了下院的通报室。那位警察看了看我所要见的名字，摇了摇头，向我冷冷地说："我们不管他们的。"把那条子还给了我，不再指点我去向了。后来我问起朋友为什么这位警察这样不客气？他和我说，这是传统，上院和下院在表面上是没有往来的，他们"算"是冤家的呀！

下院的权力尽管已大过了一切，但是他们并不摆在面孔上的。表面上看去下院还是怪可怜的媳妇。每届国会开幕时，国王照例要发表一篇训词。这篇训词其实就是政府的施政方针，是下院多数党领袖，政府里的首相起的草，预备在下院里提出来公开辩论的。但是他们的传统却不是这样简单。在下院没有权力时已定下了规矩。国王到上院，皇后坐在旁边，下面是穿了紫袍的贵族们，靠两面的板凳上坐下。国王开始念他的训词。在贵族们背后站着几个下院的议员，包括他们的主席。是下院派来"窃听"的。他们没有座位。国王念完训词，下院主席急急忙忙赶回下院，登台宣布："我已听到了国王的训词了，而且为了准确起见，我还取得了一份记录——"于是他开始念他的"窃听"来的训词了，其实就是下院多数党领袖所起草的施政方针。

这些富于戏剧性的传统是英国政治里的特色。可能是因为他们喜欢这些花样来点缀这太缺乏趣味的政治，但是这些传统的用处显然并不限于艺术兴趣的满足。他们爱好传统是要人记得，现在生活中所宝贵的一切是经过一番辛苦，付过一笔代价才得来的，这样方能使人对于现有的权利看得重要，不肯轻易放弃。

人民的权利得之不易，而失去却不难。德国人民可以莫名其妙把魏玛宪法埋葬，拱手让希特勒来套上锁链。就是以现在美国情形说，只要有人拿了红帽子来一吓人，他们可以安安静静让邻居被政府检查，被检查处诬告，甚至连职业都可以被政府夺去。人权是要争的，争得了还是要时常防着点，一不留心就会被人偷走了。英国人民在这方面是最老练了。这许多传统表面上似乎只是有趣，谁明白它们也是有用的呢？

旧瓶子里装新酒，不是为了装潢好，而是为了要使新酒不变质。我们是用新瓶子装旧酒，自己欺自己说是酒已经不是以前的了。中国的传统在新名目之下腐化，发霉，而英国却能用传统来警惕人民不走回头路。中英两国即使有很多相像的地方，但是决不是在这上边。英国朋友的好意，我们实在承当不起。

1947 年

留英记

我是1936年作为清华大学公费生到英国去留学的。进伦敦经济政治学院,读人类学。1938年毕业回国。这里要追记的是这一段留英生活。但顺着回忆的思路联想到许多和这段生活有关的事,不受题目的拘束,也把它们写了下来。

一

先说我是怎样得到留学的机会的。

30年代,我在大学里念书时,周围所接触的青年可以说都把留学作为最理想的出路。这种思想正反映了当时半封建半殖民地的旧中国青年们的苦闷。毕业就是失业的威胁越来越严重。单靠一张大学文凭,到社会上去,生活职业都没有保障。要向上爬到生活比较优裕和稳定的那个阶层里去,出了大学的门还得更上一层楼,那就是到外国去跑一趟。不管你在外国出过多少洋相,跑一趟回来,别人也就刮目相视,身价十倍了。留学已多少成了变相的科举。有些大学生着了迷,搞得颠颠倒倒,这些形象对于读过《儒林外史》的人似乎是很熟悉的。

但是以留学和科举相比还有点不同：封建时代有资格大做其金榜题名美梦的人范围似乎广一些，至少传统剧目里足够反映出状元公这个人物在群众的想象中也并不是那么高不可攀的；熬得过十年寒窗，百衲的青衫也会换得成光彩夺目的紫袍。留学却没有这么容易。这是个资本主义的玩意儿，讲投资，比成本。最便宜的是留东洋，一年也得五六百块白洋，要留西洋就得五六千。如果要取得个洋博士学位，至少也得两三年，没有千把万把白洋，只好望洋兴叹了。

留学要花钱，钱从哪里来？这里有"官费""自费""公费"等等的不同。初期，清朝政府要培养洋务人才，派留学生出洋，但是当时社会上有地位的人还很多不愿离父母之邦，入鬼子之国，更少愿意自己掏腰包送子弟出洋。因此，留学生的费用全部得由官家负责，此之为官费生。留学回来的人，官运亨通，洋翰林比土翰林更吃香。学而优则仕，原是当时知识分子的守则，留学回来有官可当，群焉趋之。官费留学的机会逐步就被达官贵人所把持，用来培养他们自己的子弟，扶植自己的势力，和这些有权选派留学生的权贵没有关系的就沾不着官费之光。沾不着光而又有钱的人家，要送子弟出洋，就只有自己出钱，此之为自费生。

除了政府遣派的官费生和自己家里出钱留学的自费生之外，还有一条让既没有钱又靠不上势的青年可以得到留学机会的路子，这是一条帝国主义安排下的路子。帝国主义者拿钱出来收买中国的青年，为了要培养为它服务的工具。但是它不能太明目张胆地这样做，必须找一些好名好义来掩盖一下。所以这条路子的花样多，走起来也比较曲折。其中最重要的是美国利用"退回庚子赔款"的名义建立起来的"清华学校"（最初叫清华留美预备学校，后来改称清华学堂，又改称清华大学）。这段历史我自己不熟悉，另外有人可以叙述，不必在这里多说。我要在这里指出的是它和官费、自费有所不同。它是采取公开考试的方法来招生的，因而使得许多原来在钱和势上都不足以走上留学道路的青年有了留学的机会，使他们也可以大做其留学美梦。这种通过考试取得别人的钱去留学的则称之为公费生，以别于官费和自费。

我是靠清华的公费出去留学的，但是又不同于经过"留美考试"的公费生。为此，得把清华公费留学的情况简单说明一下。

清华留美预备学校或是后来的清华学堂，都是专门为准备出国留学的学生进行补习的学校，是一个"加工厂"。招收的是十四五岁高小毕业程度的学生，要经过七八年才送去美国留学。凡是考得上这个学堂的就取得了留学资格，加工期满，照例一定放洋（除了招收这种小学毕业生之外，也有少数年龄较大的，在清华园住上几个月就出洋的，此外还有已经在美国的留学生可以申请清华补助等）。1925年这个办法改变了，清华学堂成立了"大学部"，1928年学校的名称也改成了清华大学，意思是不再做加工厂，而是个出成品的工厂了。清华大学毕业本身并不是个公费留学的资格。但是另一方面清华还是每年要为美国遣送一批留学生。于是另外定出了一个留美考试的办法,报考的资格也由小学毕业提高到了大学毕业,而且不仅清华大学毕业生可以报考,其他大学的毕业生也同样可以报考。每年在报上公布当年招考哪些科目,每科多少名额。这叫作"留美考试"。另外,清华还保留一些公费名额给自己研究院的毕业生和各系的助教。我是以研究院毕业生的资格取得公费的。清华的研究院招收大学毕业生,规定至少学习两年,提出论文,经过考试及格就可以毕业。每年在毕业生中按平时的学习成绩和最后毕业考试的分数,经学系的推荐,挑选若干,给予公费留学的机会。

当时这种性质的公费留学,除了清华的留美考试之外,还有中英庚款的留英考试,听说中法大学也有类似的公费遣派留学生的办法。在30年代下半期,这类公费留学生的数目在留学生的总数中占相当大的比例。

此外,在我国各地所设立的许多教会学校和青年会等团体,也为外国吸收我国学生安排一些路子,但是这些路子并没有上面所说的那样明显,而且也比较分散。因为我在进清华大学的研究院之前在燕京大学读过三年书,所以对这些路子也知道一些。

原来美国各大学里有一种助学金和奖学金制度,钱的来源是私人的捐款。美国这样的资本主义社会,资本家常常要逃避捐税,假冒伪善地捐些钱做做"功德",帮助清寒学生上学和奖励成绩优秀的学生是其中之一。各大学也以此做广告来招揽学生,每年在"校览"上公布,说明给予助学金和奖学金的条件,符合条件的人都可以申请,受惠的学生不受国籍的限制,甚至也有专门指定给哪一国留学生的。

这一类助奖制度并不采取公开考试的方式,而是由各大学所设的审查委员会根据申请人所提出的机关或个人的推荐书来挑选。推荐书自然都是为申请人说好话的,所以真正起决定作用的是哪个推荐机关或推荐人腰杆子粗和哪个大学的关系深。推荐人也就举足轻重,成了经纪人。美国教会在中国设立的这些学校、青年会等就利用这个经纪人的地位为他们的学生或朋友找留学的机会。由于这种助奖制度本身并不是统一的,也不是固定的,有资格推荐的人可以推荐也可以不推荐,推荐了有没有效也不一定,所以在这些教会学校里虽则表面上并不像清华一样标出留学科目的清单,公开号召角逐,而实际上为了争取留学机会也对师生关系、教师之间和学生之间的关系发生深刻的影响。比如说一个学生想得到推荐,他就得多方接近有势力的教授,博得他的青睐。那些教授就又利用这个经纪人的地位在学生里发展他个人的势力。而且同学之间为了争取这种留学机会,勾心斗角,费尽心机。

当然,除上面所提到的之外,还有自己刻苦积蓄,到外国去半工半读的留学生,以及更有组织的"勤工俭学"等等路子,我在这里不再一一去说了。

二

我到英国去学的是人类学。在此可以谈一谈我怎么会选上这一门学科的。

我在燕京大学读的是社会学。从燕京的社会学系，进入清华的社会学与人类学系的研究生院，又到英国去学人类学，虽则是我个人的一个经历，但也反映了中国学术界这一个小小角落里的一段历史，这里把它记下来或许也是有意思的。

燕京大学之有社会学系是一个名字叫甘布尔（Gamble）的美国人创始的。他是"象牙"肥皂公司的老板，到中国来做青年会工作，在北京进行社会调查，后来和伯吉斯（Burgess）合写了一本《北京调查》的书。他进一步，想培养一批中国人能像他一样一面做青年会工作，一面进行社会调查，反正他的"象牙"肥皂在中国所赚去的钱已不少，就拿出一笔来做这件事。拿这笔钱出来还得有个名义。于是拉住他的母校，美国的普林斯顿大学，成立一个叫"普林斯顿在中国"的基金，交给燕京大学，作为培养社会服务的人才之用。燕京大学拿了这笔钱先办社会服务系，后来改称社会学和社会工作系，在这个基础上逐步添设经济学系，政治学系和法律学系，合成为法学院。

这一段历史说明燕京的社会学是从青年会工作和社会调查这两个底子上建立起来的。它是从美国传入的，培养目标是社会服务的人才。这一套字眼在美国人听来很容易懂，因为这是美国资本主义社会的构成部分，但是对于在社会主义社会里生活的人，这些字眼的含义不加以注解也就不会明白。青年会工作是"社会服务"的一种，它的活动表面上看来是电影院、浴室、弹子房、运动场、业余补习学校，一直到旅馆的综合体。青年会是基督教主办的，所以是教会工作的一部分。它实际的作用就是通过满足一些市民社会生活上的需要来进行基督教的宣传，也就是从生活服务入手来进行意识形态上的传教工作。在资本主义的社会里，尤其是在美国，这一类的社会服务特别发达，那是因为在资本家残酷剥削下劳动人民的生活受到了严重的摧残，出现了各式各样的所谓"社会问题"。这些问题如果让它发展下去，就会充分暴露资本主义的罪恶，激起劳动人民的觉悟和反抗。为了缓和阶级矛盾，剥削阶级拿出一些钱来，针对这些"问题"加以"救济"和弥补。要进行这项工作，一方面要有一批人去了解社会情况，发现"社会问题"，这叫作社会调查；一方面又要一批人去发放救济款，去做"思想工作"，去办理儿童教养所等等，这叫作社会工作。燕京大学最初传入的"社会学"，就是这些名堂。

我是1930年从苏州的东吴大学转学到燕京社会学系的。当我挑选这个学系时，并不明白社会学是什么东西，我当时抱着了解中国社会的愿望投入了这个学系。我在东吴时读的是医预科，为了鼓动反对校医打人的一次风潮而受到学校当局要我转学的暗示，离开苏州的。当时正是大革命失败，白色恐怖之后，南北军阀混战的时期，在文化战线上正在热烈展开社会史的论战。这许多刺激使我抛弃了当医生的想法，决心要研究一下中国社会。所以到了燕京，注册进了社会学系。

我这个愿望并不是个别的、特殊的,在当时的形势下具有这种愿望的青年人是不少的,而且有许多青年接受党的领导走上了革命的道路。但是也有一些像我一样的人,还不能接受马列主义,又被白色恐怖所吓倒,要求另外寻求一个出路。所以在这时燕京社会学系冒出一种发展理论社会学的要求,现在看来也并不是偶然的。所谓理论社会学者是和上面所说的那种社会服务、社会工作的实用社会学相对而言的,实际上指的是那一套进行社会改良的理论。

回想起社会学在西洋的历史也一直有这两个方面,例如19世纪50年代写过《社会学原理》和《社会学的研究》(即严复所译《群学肄言》)的英国的斯宾塞就是这种所谓理论社会学的祖师之一。他想尽各种理由来证明社会发展到了资本主义就到了最完善之境,资本主义是不可避免的,而资本主义以前的社会全都不及它的优越。这样就在思想战线上巩固了资本主义的社会。但是资本主义的好景不长,它本身所包含的不可克服的矛盾日益严重,百孔千疮,昭昭在人耳目。为了要缓和阶级矛盾,麻痹无产阶级的意识,不能不对所谓"社会问题"进行"社会调查"。以英国来说,19世纪末年就有蒲斯(Charles Booth)对伦敦工人生活进行过规模相当大的调查。这一类社会调查的目的一方面是暴露资本主义社会的矛盾,并加以解释,一方面为资本主义的社会设计"改良"的方案。前一方面就形成"社会理论",后一方面就形成"社会工作",譬如说,资本主义社会的贫富两极分化,出现了所谓贫穷问题,一些理论家就出面来说工人阶级贫穷并不是出于资产阶级的剥削,而是出于孩子生得太多,话当然要说得更复杂些,但当时的"人口论"骨子里就是这句话。这就算是社会理论。另一方面也就采取了许多所谓"最低工资""人口节制""贫穷救济"等等具体措施来减少工人们"铤而走险"闹革命的危险。这就是社会工作。

燕京大学社会学系一部分不满足于社会工作的师生,我也是其中之一,提出了"要理论"的愿望。但是又感到英美资产阶级的"社会理论"不合中国情况;怎么办呢?于是想从"社会调查"入手。但是当时又认为甘布尔、伯吉斯以及清河和定县这类"社会调查"太肤浅,解决不了问题,想另求出路。在摸索中却找到了人类学这个冷门,提出了所谓"社区研究"的新路子。

人类学究竟是一门什么样的学科?它比社会学也许更是模糊。人类学,研究人类之学也。望文生义,凡是和人有关的全可包纳在内。事实也确是这样,上自几十万年前的人猿化石,下到民间传说,风俗习惯,都可以在人类学的教科书中找到它们的地位。但是在第一次世界大战之后,英美的人类学中专门研究殖民地上土著生活的一部分称作社会人类学的(欧洲大陆称"民族学"),特别发展了起来。燕京社会学系提倡的人类学也只是指这一部分而言。这一部分所谓社会人类学之所以发展也是应形势的需要。第一次世界大战之前帝国主义者分别占据殖民地,对殖民地上的人民摧残掠夺无所不用其极。殖民地分割完毕,帝国主义间发生了一场争夺殖民地的大战。战后面临着一个新的形势:一是帝国主义要在它已占领的地区开发资源供他们掠夺，必须利用土著的劳动；一是殖民地人民开始更有组织的反抗，使帝国主义者想直接单靠武力来统治遇到了困难。如果长期维持着战争状态，不但军费浩大而且不便于进行剥削，这个算盘是打不过来的。因此，老牌殖民主义者的大英帝国带头搞起所谓"间接统治"来了，就是利用当地的部落上层，维持当地社会秩序；吸收当地劳动，开发当地资源。要实行这个殖民政策，不仅需要做资源调查的自然科学工作人员，而且需要懂得当地语言能对当地社会进行深入研究的社会科学工作人员，后者就是所谓人类学者。从第一次大战之后，英国的人类学者在殖民部的直接和间接的支持下，对非洲的英国殖民地开展了很广泛和系统的实地调查研究。在这项工作里冒出了人类学中的功能学派。他们搞出一套实地调查研究的方法，做出了许多研究成果，还有一套所谓"理论"，这套理论主要是用来指导他们怎样去调查一个土著部落的一些经验。我们在这里不必去详说，要说的是，他们这一套东西看起来比从美国社会服务里学来的"社会调查"深入得多。原因是美国式的"社会调查"是以资本主义社会为基础发展出来的，着重在数量的统计，各项统计之间的关系在资本主义社会中是不言自喻的，但一应用到非资本主义社会，不但数量统计不易正确，而且各项统计之间的关系不一定相当于资本主义社会，于是这类调查显得支离破碎，不能说明问题。人类学调查着重在不同性质的社会的解剖，用到中国来似乎更适合一些。为了和"社会调查"作出区别，后者称作"社区研究"。

为了发展这种"社区研究",燕京社会学系在1935年还向国外搬了一位当时功能学派的大师布朗(A. Radcliffe-Brown,英国人,后来当了牛津大学人类学教授)到中国来讲学,在《社会学界》(燕京社会学系的刊物)连续出了两期专刊,极尽鼓吹之能事。

在说到我留学英国的事之前还得加一个插曲,就是我到清华研究生院去读两年书的原因。我在燕京读书时,可以说是个拥护"社区研究"的积极分子。但是当时社会学系的当权者是社会服务派,所以毕业后想由社会学系推荐去外国留学,还不具备条件。支持我的老师吴文藻先生出了个主意,并且为我奔走,设法送我进清华大学研究生院,使我一则可以在人类学这门学科里打个底子,二则可以在研究生院毕业后得到公费去英国直接跟功能派的大师学习。

这个主意是实现了的。只是清华研究生院里收我做学生的人类学教授是个俄国人,名叫史禄国(S. M. Shirokogoroff),他的人类学是帝俄时代的老传统,和英美很有差别。帝俄的学术是传袭大陆的系统,人类学包括的范围首先是体质,其次是语言,再其次是考古,最后才到社会文化的"民族学"。他为我制定了一个长期计划,第一个时期专门学体质人类学,其实这是门生物科学,幸亏我曾有两年医预科的基础,所以还算衔接得上;一面补习解剖学,动物学,一面向他学人体测量和人体计算学。他打算第三年才教我语言学,谁知清华研究生院改了章程,两年就可以毕业,而且他自己第三年就要休假,所以我在清华只完成了他替我规定的计划的第一阶段。这两年我所学的和上面所说的"社区研究"关系不大，但是由于这两年的学习，满足了清华规定的公费留学的条件，使我能到英国去留学。

三

1937年夏天，我从上海出发去英国。到英国去留学这一点还得说明一下：按清华的制度，研究生院毕业生符合规定条件，给予公费留学机会的，可以自己提出留学计划，并不一定要到美国去。当时有一种流行的成见，认为真是要讲学术，最好到欧洲国家去留学，对于美国的学术水平不太看得起。这个成见有什么根据很难说，可能是由于美国留学生太多了，物以稀为贵，到欧洲去留学回来身价可以高一些。这是我要去英国的一个原因，但主要的还不在此。上面我已经说过，我的留学计划酝酿已久，是和燕京社会学系里那一批搞"社区研究"的人一起策划出来的，这些人中间带头的是吴文藻先生。他心里有着一个培养徒弟的全盘计划，分别利用各种不同的机会，把他们分送到英美各个人类学的主要据点去学习，谁到哪个大学，跟谁去学，心里有个谱，后来也是逐步实现了的。他认为我这个人最好是去英国跟功能派的大师马林诺斯基（B. Malinowski）去当徒弟，理由之一据说我这个人的性格和这位老师有点相像。实在的原因是英国没有美国那种助学金制度，派人去留学的机会不多，我当时既然有机会去英国，当然不能错失。去英国的计划就这样决定了。

这里可以提一笔，我这个事例也说明了在30年代后期，留学制度确是有了一些新的变化。早期的留学生出国时的水平很多是比较低的，在国内只是准备了一般的基础，专业训练比较差，到了国外才选择专业，选择老师。但是到了我出去留学的时候，不论是经过留学考试或是研究生院毕业之后才出去的，都在专业上花过了一番工夫；学什么，跟谁学，这些问题在出国之前都经过一番考虑的。这样加强了目的性和计划性，对于专业培养和提高质量，看来是有帮助的。

为什么要跟马林诺斯基去学呢？这里得介绍一下这个人。他的原籍是波兰，早年在波兰的古都克拉科夫大学学物理和化学，由于体弱多病和精神抑郁，医生劝他摆脱些正科，涉猎些旁门。他挑了本人类学家弗雷泽（Frazer）的名著《金枝》，从此他沉溺在这一门学科里，到德国和英国去留学。世界大战发生前夕他正在美拉尼西亚的一个小岛上做调查研究工作。大战发生，波兰和英国处于敌对地位，他不能自由离开这个小岛，于是他就学习当地的语言，和当地人一起生活，很仔细地记录下他对这个岛上居民生活的观察。就是这样他发展了深入地对一个人口不多的部落亲密观察的调查方法。由于他的活动范围受到限制，不能像过去的人类学者在各地搜集比较材料，他就着重注意一个小部落里政治、经济、宗教信仰、风俗习惯等等各方面的相互关系，从而发展了他的功能主义的理论。大战结束,他带了很丰富的第一手资料回到英国,1922年出版了轰动当时人类学界的《西太平洋航海者》。

他的这套方法,这套理论,这套著作,过去在人类学里并不是没有,但是并没有受到重视,而他却一举成名;所不同者时也,即形势也。我上面已说过,帝国主义第一次世界大战之后在殖民地上碰着了新的问题,如果维持原来的直接统治的政策,殖民地人民的反抗愈来愈不好应付,而且更重要的是无法进一步利用当地劳动力来开发当地资源取得更大的利润;因此,提出了"间接统治"的策略,利用当地原有部落组织和原有统治势力,制造可以依赖的社会支柱,来加强对当地人民的剥削。这是个很毒辣的反动政策。为了执行这个政策,就需要深入了解殖民地各部落的实际情况,考虑怎样去利用原有的制度来为殖民主义服务。马林诺斯基的一套恰巧符合了这个要求。

马林诺斯基在英国学术界一帆风顺地取得了很高的地位,这是很少前例的。英国人对外籍学者的偏见极深,他作为一个波兰人,虽则后来入了英国籍,而能一跃被选为教授,在英国学术界是少有的(英国各大学中设立社会人类学教授的讲座是从他开始的)。不仅如此,他在伦敦经济政治学院培养了不少门生,一个个都成为各大学人类学系的台柱,而且受到英国殖民部和美国罗氏基金会的直接支持,每年掌握着大笔调查经费,调度大批的调查工作者,到非洲各地进行研究。不到10年,功能学派的声势压倒了人类学里任何其他的派别。这一切如果离开了历史背景是无法理解的。

在英国要跟从一个老师学习并不是那么容易。因此先得讲一讲英国学校的制度。英国的大学并没有一个统一的制度。我能讲的是我所进的伦敦经济政治学院。提起这个学校，老一辈的英国绅士们是要摇头的，认为有点"左倾"。这当然完全和事实不符，因为它正是一个社会改良主义的大本营。但是从学制上说，19世纪末年却算是有点"改革"味儿，也就是说它不按传统办事。英国的教育制度阶级路线十分明显。最初只是贵族和有钱人家的子弟能念书，这种学校叫作"公学"，最著名的有伊顿、哈罗等有数的几个，收费极高，限制极严，据说贵族子弟在没有出世之前就得报名。但是这些学校却保留一些名额给殖民地的统治阶级，包括尼赫鲁一类人在内。这些"公学"公开承认是专门培养统治人才的，而且事实上历届内阁阁员除了工党政府外，几乎全是由这几个公学的毕业生所包办。各学校以毕业生进入内阁的人数多少来比赛。我记得我在英国时正碰上鲍尔温上台，他在就职演说里曾说，使他特别高兴的是内阁成员中母校的同学占了多数。从这些"公学"毕业后就可以到实际政治中去活动了，其中一部分要深造的，进牛津、剑桥等大学。这是一个上下相衔接的系统（伊顿毕业的一般升牛津，哈罗毕业的一般升剑桥），平民无与也。一直到了19世纪的70年代，议会里才通过国民普及教育的法案。公家设立的学校却叫作"私学"。凡是英国公民按法律都得进这种"私学"，所以也称"义务教育",意思是受教育是一种义务。但是当时一般平民出了"私学"就没有上升的机会了。高等教育还是被上层社会所垄断。到了19世纪末年,一些参加工人运动的知识分子,最著名的如韦柏夫妇、萧伯纳、威尔斯等人组织了费边社,主张为中产阶级和工人阶级办高等学校。费边社是一个社会改良主义的团体,反对马克思主义,妄想通过合法斗争,实现"社会主义"。他们所办的学校就是伦敦经济政治学院,曾培养出许多工党的骨干,工人贵族。

伦敦经济政治学院的校舍也说明了这段历史。到过牛津、剑桥大学参观的人没有不被它们古雅的建筑所吸引的,而这个学院却有如我们解放前上海的弄堂大学。它的大门是在荷尔本商业区的一条小巷里,大门旁就是一些茶馆,学生们可以在这里喝茶和吃饭。这个学院的门面实在没有什么气派可言。英国人却有这个风尚,喜欢保留原来的外形,尽管内部的设备不算坏,而这个门面几十年来一点也不肯改造。

它的学制也不同于牛津、剑桥等老大学。据说创办人是有意吸收了一些美国的大学制度,由于我当时并没有关心大学本科的制度,所以现在也说不出来。我所知道的是它的研究生院的那一部分。我说本科和研究生院其实是已经用了我们自己的学制来说话了。在他们不是这样说法的。按他们的说法是读什么学位,自己是什么学位的待位生,注册时就是这样注册的。根据每一种学位规定他应当参加什么考试,提出些什么论文。至于你怎么样才能满足这些条件那又是一回事了。以我所注册的"哲学博士"学位来说,那是最简单了,规定两条:一条是从注册到毕业至少要有两年,一条是提出一篇论文,经过考试认为合格就可以取得那个学位。这两年里你应当读些什么课程完全不加规定,从章程上说,你交了注册费之后尽管可以不到学校,到期你能提得出论文,考得过,一样可以得学位。这是一方面。另一方面,学院每年公布一系列课程,哪一个系什么教授或讲师开什么课。你既注了册,就可以自己去挑选课程。表面上没有人来管你,你爱听就听,不爱听就不听。名教授开讲时,整个大教室坐得满满的,甚至窗台上都坐满和站满了学生。我是个爱串课的人,毫不相关的课,只要按公布的时间、地点,坐在教室里就可以听上一堂课。当然,如果都是这样自由散漫地搞,也就不成其局面了。实际的关键不在章程上,而是在一套不成文的习惯上。你注册时入哪一个系,读什么学位之后,注册科就介绍你去找系里的一位负责人,他就给你指定一个业师,这位业师就是有责任帮助你去取得学位的人(我用业师这个名字因为要和导师有所区别。英国的导师制〔tutorial system〕有它专门的意义。导师是 tutor,实行于大学本科。业师是指指导写论文的老师,称 director;被指导的学生可说是门生,业师和门生之间存在着学术上的师承关系)。他根据你的具体情况,建议你去听什么课,参加谁的席明纳(即讨论会),怎样写论文。通过这种业师制,做得好,确是可以因人施教的。这也有点像我们的师徒制度,师徒之间的关系,一般是十分亲密的。英国社会上特别注重私人关系,这可能是封建的残余,介绍一个人的时候常常要搬出一系列的关系来，这位是谁的儿子，谁的学生，谁的朋友等等，而这样的介绍也就说明了这个人的社会地位。在学术界里最重要的就是"谁的学生"，意思是"他是在谁的指导下学出师的"。另一方面当老师的也以自己有好的徒弟为荣，谈话时也常会听到用"他是你的学生"来作为一种恭维的话。

伦敦经济政治学院在这一点上并没有学美国，而保持了英国的传统。我并不太知道美国的情形，听起来其师生关系也富于资本主义性质，就是花钱买教师，而英国多少还有一点封建，光是花钱不成，师徒关系的建立比较曲折。收不收一个徒弟是师傅的权利，你在学校里注了册，系里有责任替你指定一位业师，但是如果被指定的业师对你不满意，随时可以要系里另外换人来指导你，一个一个地换，永远出不了师，这是一方面。另一方面，一个系里的教师学问地位不同，通常一个新来的学生，总是由一个讲师或比讲师高一级的"读者"（相当于副教授）来指导。经过一个时候，如果这个学生表现得好，有培养前途，给教授看中了，也可以换业师，由教授自己来做业师。

能拜得上有名的教授做业师，好处可大了。且不说学术上的受益，只说取得学位这件事也就有了把握。按英国的制度，给学位是大学的事，譬如在伦敦经济政治学院读书，取得的学位是由伦敦大学给的。当你的业师认为你的论文有资格可以提出来申请考试时，伦敦大学就为你组织一个委员会来考你。这个委员会里的人是从各方面请来的，你要向他们答辩，答辩过后，投票决定。否决一篇论文并不希奇。否决后你可以下次再申请。被否决一篇论文，对学生固然是件倒霉的事，对业师也不很光彩，因为学生申请考试总是先要得到业师同意的。自己的业师在这个学科中如果地位高，他的眼光当然也准些，他认为过得去的论文，在他的同行中也不容易有不同意见，而且必要的时候，他还可以出来为学生辩护一下。在答辩时"考官"之间引起争论也不是希奇的事。所以，业师腰杆子粗，学生也容易过关。学生最怕的是"考官"中有自己业师的老师，祖师爷发起脾气来，那就完蛋。

英国这套制度也是他们从经验中积累出来的，其中也有些怪有意思的东西，业师制是其中的一个，在促进学生学习的积极性和老师的责任心上都有它的长处。但是，这也是造成学术界里宗派主义的根源之一。

言归正传。我到英国去是有目的的，目的很明确，要跟马林诺斯基去学他的那一套社会人类学。但是在英国这个制度之下，怎样拜得到这个业师呢？

我在清华研究生院里是跟史禄国学习的，他对于欧洲学术界的情况比较熟悉。他原来的计划是想一手把我培养成他的学生，所以制定过一个长期计划，但是后来他也明白客观条件并不容许他贯彻这个计划了，主要是他在清华呆不下去了。他同意我在清华的学习告一个段落之后到英国去。但是他坚持一点，我在出国之前必须先在国内做一年实地调查，带了材料出国。这些有欧洲传统的学者都有一种怕他自己的学生在他同行面前丢脸的顾虑。我出去一定会说是跟史禄国读过书，他不能否认这一点，如果我大出洋相，他的面子也就不很好看。所以最后他得补救一下，要我"临时上轿穿耳朵"，为出国多做一些准备。我听他的话，1935年清华研究生院毕业后，请假一年到广西瑶山去调查了一次。这次调查是失败了的，和我一起去的我的爱人死在山里，我也负了伤。转回家乡，看看手边调查所得的材料很不充实，心里很难过。恰巧这时我有个姊姊在我家乡一带的农村里推广蚕丝业的改良工作，我去看她，她劝我在乡下住一个时候，一则恢复一下情绪，一则休养一下身体。我在乡下，住在她帮助农民办的一个小型合作丝厂里。反正没有别的事，开始问长问短，搞起"社区研究"来了。

这里不妨附带说说这个插曲。我这个学蚕丝的姊姊，在苏州附近的浒墅关的一个蚕业学校毕业后，到日本去留学，留学回来就在这个学校的推广部做工作。推广部的工作就是在附近农村中推广改良养蚕制丝的新方法。江浙太湖流域原是"上有天堂，下有苏杭"的好地方，其所以富庶的原因之一就是农村里的丝绸业十分发达。有些农村，农业只够供给农民一些日用的粮食，其他生活费用全是从养蚕、制丝、织绸以及有关的手工业中得来。这地方出产的生丝闻名海外。海关报告上有一项叫辑里丝，就是这地方的产品，在对外贸易中一直占着重要地位，但是在20年代却受到了日本丝业严重的竞争，出口锐减。主要原因是土法生产质量太差，这也就影响了广大农民的生活，同时也影响了出口商人和用质量差的蚕茧来制丝的工厂老板。所以从制种、养蚕、制丝每一个环节都需要用洋法来代替土法，这就是蚕丝业的改良运动。这个运动固然是农民所需要的，但是如果只有这需要在当时还是无法实现的，其所以能开展起来，还是由于民族资本家的利益所在，蚕业学校提供了一批技术人员。这些因素的结合，使30年代蚕丝业的改良运动在江浙这个地区确是做出了不小成绩。我在了解这些地区的农民生活时，特别引起我兴趣的是农村的生丝制造和运销合作社，这种合作社是这个改良运动的产物。为了要采用比较科学的养蚕技术，在幼蚕时期要控制温度和湿度，最方便的是稚蚕公育，就是各家在一起养幼蚕，这就是集体化。收了茧，如果不把蚕蛹烘死，就不能储藏，必须脱手出售，这样就会吃中间茧商的压价。为了要卖好价钱，农民自然会愿意一起来解决烘茧的问题。茧子既然可以储藏了，为什么不自己制丝呢？合作的方法一引进，很自然地发展了起来，因为这样做的利益是十分具体的。同时，民族资本家也乐于鼓励农民这样做，因为这样做被挤掉的是一些中间小商人、收茧商和土丝行，而另一方面农民生产积极性一起来，民族工业的原料问题，出口丝商的进货问题都得到了解决。换一句话说，在资本主义社会里发展合作事业，和大资本家的利益并不矛盾，而且替大资本去挤小资本，给大资本更多的剥削机会。我当时当然没有看得这样远，只看到农民收入有所增加，生活有所改善，就沾沾自喜，认为找到了解决农民问题的门路。我就在这个农村里把这个过程记录了下来，搜集了一些有关的资料。在从上海到伦敦的路上，把这些资料整理出了一个草稿。

我到了伦敦，就投奔伦敦经济政治学院，被介绍去见人类学系的弗思博士（R. Firth）。他是马林诺斯基的第一个徒弟，所谓第一个徒弟者就是在马氏手上第一个得博士学位的人。他当时在系里当"读者"（即副教授），是新西兰人，为人很和蔼，但具有英国传统的拘谨。我手上并没有私人的介绍信。私人介绍信是英国社会上建立关系的必需品，没有这个就只能公事公办。我相信我给他最初的印象是很不妙的。那时，由于伦敦的气候关系，我的背伤又发作，精神很不振作。一口苏州音的英文，加上了紧张，大概话都说不清楚。他和我交谈之后，第二天注册处给我一个通知要我去参加一次英文测验。我的英文程度固然低，但用笔来回答还可以敷衍过去。大概根据测验成绩，他认为还可以接受，所以又约我去谈。这次才谈到我在中国的学习情形，史禄国的名字还算吃香。我又大体上把在瑶山的调查讲了一遍。因为我估计既然要读人类学，而人类学主要是研究当时被侮称作"原始"的部落，我这些材料也许更符合于要求。讲完了，才谈起我在出国前还在农村里住了一个时候，也搜集一些关于中国农民生活的材料。这一通话却引起了他的注意。他是个含蓄的英国绅士，毫不激动地要我把这两方面的材料都给他写一个节略，但是他的口气里面，注意的却是我第二个题目。后来果然经过几次谈话，他替我把论文题目肯定了下来，写《中国农民的生活》。

看来这是一件很平常的事，后来才明白，他这个决定有着更深一层的意义，这里值得提一笔。从人类学本身来说，当时正在酝酿一个趋势，要扩大它的范围，从简单和落后的部落突入所谓"文明社区"，就是要用深入和亲密的观察方法来研究农村、市镇，甚至都市的生活。在地区上讲，过去人类学家研究的范围大都是在非洲、大洋洲和北美，新的趋势是想扩大到亚洲和拉丁美洲，而这些地区主要是文化较高的农民。第二次世界大战前夕和初期，在人类学的出版物里就可以看到许多关于中国、日本、印度、南洋以及拉美农民生活的调查报告，说明正在我编写《中国农民的生活》的同时，各地都有人在进行类似的调查工作。这个趋势是当时人类学的一个新的动向。拿弗思本人来说，他原来是以研究太平洋里的一个小岛上的土著起家的，但是在第二次大战之后却也转入了马来亚的农民生活的研究。所以当时他决定不要我写瑶山调查而写农民生活作论文，决不是偶然的。导师，论文，都这样决定了，但是我还没有见到马林诺斯基的面。

四

我第一次看见马林诺斯基是在他的席明纳里。

提起席明纳，我得先说说这个东西。席明纳是欧洲传统的一种教学组织，也是一种教学方法，在欧洲各大学指导高年级学生时常被采用。英国大学里教师们怎样去教他们的功课，完全由他们自己做主，他们愿意怎样教就怎样教，很有点八仙过海各显神通的味道。以我自己接触到的来说，大家熟悉的罗素也在伦敦经济政治学院开过课，他是登台念讲稿，一字不漏，讲完一个课程就出一本书。我就听过他的"权力论"。我也旁听过一门逻辑课，这位教师的名字忘了，但是我的印象很深，因为有点像我们的小学，许多公式要学生大家一起念，还要指着学生的名字站起来答复问题。我看情形不对，第二堂就没有敢再去。马林诺斯基不喜登台讲课而善于搞席明纳，当然搞席明纳的不止他一人，但是他的席明纳有它的特点，而且在伦敦经济政治学院相当有名，在人类学界当时也是为大家所推崇的。席明纳简单的可以译作讨论会，但是讨论会这个名称还传达不出它的精神，所以用这个音译的名词。

他树立了这样一个不成文的习惯，每逢星期五（除了假期），他总是坐在伦敦经济政治学院那间门上标着他名字的大房间里。这间房说是办公室不很合适，因为满墙、满桌，甚至满地是书籍、杂志、文稿，到处是形式不同的沙发、靠椅、板凳。到了那个规定的时候，他的朋友们、同事们、学生们就陆陆续续地来了，相当拥挤。这批人中有来自各国的人类学家，有毕业了已有多年的老徒弟，也有刚刚注册的小伙子。他有他一定的座位，其他人就各自就座，年轻的大多躲在墙角里。这里没有禁止吸烟的告示，因而烟雾腾腾，加上这位老先生最怕风，不准开窗，所以烟雾之浓常常和窗外有名的伦敦大雾相媲美。

为什么有这么多人来呢？有些是马林诺斯基自己邀请

来的,凡是要和他谈学术的朋友就在这时候到这里来。其他场合当然也可以谈学术,但是在这里是公开的谈,大家一起谈。绝大部分是自动来的,凡是他的门徒到了伦敦,逢到那一天就争着要来此会会老师,主要的目的是要在这里闻闻人类学的新气息。这个席明纳作为一门功课,名称就叫"今天的人类学"。在当时人类学范围里来说,这个名称倒也不能说不名副其实,因为在这里讨论的,不但是书本上还没有写,课堂上还没有讲,甚至一般的人类学家还没有想到的问题。这类问题为什么在这里会提得出来,与其说是靠这个老头子学问高,倒不如说靠参加的人多,他们四面八方从实地研究中带来了新问题。他们遇到困难,或有了心得,在老师的席明纳里发言,经过讨论得到了启发,又回去工作,解决问题,提高质量。大家得到好处。不知马林诺斯基哪里学来的这一套办法,使他的席明纳成了他这一门弟子所喜爱的东西。

马林诺斯基自己在席明纳里不多说话。他主要是起组织作用,就是事先安排一两个主要发言人。这个发言人首先念一篇准备好了的文章,有的是调查报告,有的是对于一个问题的意见。换一句话说,这个老头子首先抓的是在席明纳里要提出什么问题,大体上有一个方向。我在伦敦的第一年,席明纳里主要是讨论怎样解剖一个文化的问题,他称之为文化表格,内容后来翻译成中文在燕京的《社会学界》发表过。第二年主要讨论的是文化变动。他死了之后,有位学生把这些讨论整理出来,也已经出版。他的特点是不喜欢讲空理论，什么时候都不许离开调查的"事实"说话，所以讨论时，都是那些亲身做过调查的人摆材料。老头子听得高兴时，插上一段话，这些插话就是大家所希望的"指导"了。他写的文章和写的书中有不少就是当时插话的记录。

我最初参加这种场合，真是连话都听不懂。听不懂的原因有二：一是这里的人虽则都是在说英文，但是来自世界各地，澳洲的、加拿大的、美国的、欧洲大陆的之外，还有亚洲的、非洲的，口音各有不同，而且在席明纳里都是即兴发的言，不是文言，而是土话。其次是材料具体，富有地域性，地理不熟，人类学知识不足，常常会听得不知所云。我们这些小伙子就躲在墙角里喷烟，喷喷就慢慢喷得懂了一些，也觉得它的味道不薄了。

回头来讲我第一次见这位老先生的事。那天席明纳里照例已坐满了许多人，马林诺斯基坐在他的大椅子里在和别人讲话。他是一个高度近视、光头、瘦削、感觉很敏锐、60开外的老头。弗思把我叫到他的跟前，替我作了介绍。他对我注视一下，说了几句引人发笑的话，这也是他的特长；接着说，休息时跟他一起去喝茶，说完他又去和别人说话了。

喝茶是英国社会生活里的一个重要制度，每天下午4点到5点都要喝茶。喝茶是引子，社交是实质。学校里也是这样。到了这时候，教师和学生都停止工作到茶室里去聊天。教师有自己的茶室，就在这时交接意见，互相通气；有时教师也约学生去一起喝茶，增进感情。

喝茶时才知道他刚从美国回来，他是去参加哈佛大学

300周年纪念会的，在会上还得了个荣誉学位。他在美国遇见了吴文藻先生，已经知道我到了英国。过了不久，又有一次约我去喝茶，这次不是在大茶室里，雅座中只有我们两个人，他问了问我到伦敦以后的情况，我告诉他已经跟弗思定下了论文题目。他随手拿起电话，找弗思说话，话很简单，只是说以后我的事由他来管了。这是说他从弗思手上把我接收了过去，他当我的业师了。接着回头问我住在哪里，我把情况说了之后，他立刻说：赶快搬个家，他有一个朋友可以招呼我。我当时觉得很高兴，终于达到了跟这个著名的学者学习的愿望了，但是为什么他这样看得起我，不大清楚；同学们听到了这个消息都为我道贺，也觉得不平常，因为要这个老师收徒弟是不容易的。据说多少年来，在我之前，在他手上得学位的不过十几个。我的幸运当然引起同学们的羡慕。

马林诺斯基主动地承担起做我业师的任务，并不是我在他面前表现出了什么特别的才能，我那时连席明纳里讨论都跟不上，话也听不太懂，正是躲在墙角里抽烟的时候。原因是他在美国和吴文藻先生会了面。吴文藻先生是代表燕京去参加哈佛300周年纪念会的，有着司徒雷登给罗氏基金会的介绍信。马林诺斯基一直是罗氏基金培养的人物，他的学生们在非洲进行的大部分调查就是罗氏基金给的钱。吴文藻先生到美国去，后来又到英国来，口袋里就有一个在中国开展"社区研究"的计划，我这个人是计划中的一部分。这个计划深得罗氏基金的赞许。这些，马林诺斯基都知道。他是个感觉敏锐的人,在这里卖一个人情,正可以迎合老板的用心;而且培养一个自己的学生在东方为他的学派开拓一个新领域,又何乐而不为呢?如果没有这一段背景,他那一双高度近视的眼睛根本可能一直看不到这个其貌不扬、口齿不清的外国学生。

其次要讲一讲搬家的事。伦敦经济政治学院是没有学生宿舍的。学生都在伦敦市内自己找房子住,学校不管。伦敦市内有一种叫"膳宿寄寓",专门招待单身房客。有些是房主人因为有空闲的房间,租出去可以收一些房钱贴补家用。更多是那些下层的中产人家,以此为业,向房产公司租一幢房屋,招四五个房客。女主人自己管理,煮饭侍候他们,收得房租,除了付去给房产公司的租金外,可以有一笔收入,用以维持生活。我在伦敦的时候,普通一间房,包括家具、床褥在内,早上和晚上两餐,每星期从11个先令到1英镑。在市内没有家的学生就找这种寄寓住。每个街道角上的杂货店里有一个小小的广告板,板上揭示着附近出租的房屋。住几天到几年都可以,你要搬家,就搬家,很方便。这种下层的中产阶级种族歧视并不显著,特别是学校附近,各国的留学生不少,对不同皮肤颜色的人也看惯了,甚至有些特别欢迎中国学生,因为中国学生很讲人情,和房东会拉交情,平时送些东西,很能讨得欢心。当然,也碰着过去找房子时吃闭门羹的:"对不住,已经租出了。"但是依我的经验说,在这方面受窘的并不常见。这是和房东的阶级成分有关,有钱的剥削阶级不会干这个行业,很多是工人和小职员的家庭，才需要自己的老婆操作招呼房客。这个阶级在种族歧视上成见不深，而且一旦接触到了以平等待人的房客，不论属于哪个国籍或种族，很容易打破那种不合理的成见而交起朋友来。

马林诺斯基要我搬家就是要我改变我在伦敦生活的社会环境。他介绍我去住的是他的一位朋友的家。这位朋友是一位40多岁的夫人。她父亲是位人类学家，而且是个贵族，写过很有名的著作，名叫 John Lubbock Averbury。她嫁给一位陆军军官，第一次世界大战中当过师长，在前线阵亡，所以她有很丰富的抚恤金。她的儿子在银行里做事，银行老板和她有亲戚关系。女儿是一个有名的新闻记者，写过关于捷克斯洛伐克的报道，风行过一时。家在伦敦的下栖道，下栖道是个文化艺术家聚集之区。一座房屋有四层楼，雇有厨师、女仆和管家。在英国社会里，不算阔绰，属于中上，或是上下的那一阶层。她在经济上并没有出租房屋的需要，但是这位中年寡妇却极喜欢和文化人往来，由于她父亲曾是个人类学家，所以她认识不少印度的学者。她和尼赫鲁也相识，他的女儿来英国留学就拜托她招呼照顾，她也以此为乐。在她家里有些青年人，生活可以更丰富些。马林诺斯基把我介绍去，算是对我的照顾，而其实是要我和这个阶级接触，感染一些英国统治阶级的气息。

这位夫人受了朋友之托，对我管教颇严。她心目中英国文化是最高的，有意识地要我"英国化"。她请客时我得和她的家人一样参预其间；她有朋友来喝茶，我也要侍坐在旁。而我这个人生性就不喜欢这一套,在这种场合里总是别扭得发慌。记得有一次,她约我去她娘家的乡间一个别墅,我听说在那里晚上吃饭要换礼服,而我哪里有这一种东西呢,拒绝她又不成,只能临时托故不去。她竟怒形于色。自从这一次之后,大概她觉得"孺子不可教"了,对我也放松了一些。

我在她家里住,一个星期要交管家两个几内(1个几内值1英镑又1个先令),较一般"寄寓"高了四倍。这还不算是"房租",因为我是算那位夫人的客人受招待的。实际上,她在我身上花的可能还要多一些,不但供我膳宿,连社会生活,比如请朋友喝茶、吃饭都不另要我付钱。在她是一片好意,在我却负担很重。清华公费每月100美元,学费书费一切包干在内。所以不但精神上感到拘束,经济上也同样不觉得宽裕。后来,卢沟桥事变发生,我托辞经济可能发生问题,才摆脱了这个"好意",重新回到普通的寄寓里去。

我提到这个插曲,目的是想揭发那个老大帝国主义怎样做殖民地工作的。像尼赫鲁这样的人从骨子里浸透着英帝国的气味,这不是偶然的。殖民主义是整个英国统治阶级的中心活动。一般看得到的是它的军旗和炮舰,而看不到的是无数细致、复杂的社会活动。通过日常的、看来十分平易的社会接触,英帝国把殖民地的上层人士的灵魂勾引了去,也就是说在意识形态的深处收服了这一批在殖民地社会上有势力的阶层。这批人口头上和表面的行动上尽管要求独立,反对英国统治,但是在骨子里是跟着英帝国走的;像被摄了魂的人，不知不觉受着巫师的调遣。英帝国表面上是崩溃了，而一个无形的帝国依然存在，几百年的殖民经验中修炼出来的魔道还在新的躯体上作怪。

五

接着谈谈我这位业师怎样指导我学习的。伦敦经济政治学院人类学系的研究生一般都可以去参加马林诺斯基的席明纳。席明纳是他指导学生学习的主要场合。他在席明纳里从来没有长篇大论地发过议论，但是随时用插话的方法，引导在场人的思路。这些指点固然是很重要的，但是更重要的是在善于组织别人互相启发，互相辩论，他自己也就在这里学习。给人印象最深的是在示范地表演出一个人怎样去分析问题，怎样去发展自己的思想。已经解决了的问题在他的席明纳里是没有地位的。在争论新问题的过程中，他用他自己的思索，带动学生们的思索。这一点是使学生们最佩服他的地方。也就是通过这个方法，他把立场、观点灌输给了学生。

直接受他指导的学生除了参加席明纳之外，还有机会"登堂入室"，那就是到他家里去，参加他自己的著作生活。师傅是在他自己作坊里带徒弟的。这位老先生是个鳏夫，他的妻子已经死了好几年。他一个人住着一所普通的住宅，生活很孤独，而且没有规律。想到要吃东西时，自己开个罐头，烤些面包也算一顿。大多时间是在外边吃的。工作时有一个女秘书帮助他。我们这些学生到他家里去，有时也替他搞搞卫生工作，清理一下厨房，把瓶瓶罐罐扔出去一些。他的书房卧室更是乱得叫人难于插足，不但桌子上，连地板上都是一叠叠的稿纸。不准人乱动，只有他知道要什么到哪里去摸。我已说过他是个高度近视眼，事实上他的眼睛已经不能用来工作。他的秘书和学生有义务给他念稿子。他闭了眼睛听，听了就说，说的时候，有秘书替他速记下来。

他同时在写好几本稿纸，有时拿这一本念念，改一段，添一节；有时又拿另一本出来念念。这些稿本很多到他死的时候还没有定稿。有些后来经过他学生编辑出版了，有些可能还没有。

在旁听他怎样修改他自己的著作，对一个学生是很有好处的。普通我们读的书，都是成品，从成品看不到制造的过程，而一项手艺的巧妙之处就在制造过程里。成品可以欣赏，却难于学习，但是谁有机会看到一个学者创造思想成品时的过程呢？上面所说的席明纳是创造思想成品的一个步骤，单靠这个步骤还是完不成成品。"登堂入室"又看到了这个过程的另一工序。他有时也要征求学生的意见，这样说成不成，那样说好不好，一字一句全不放松。这样的学者尽管立场、观点有很多可以批判之处，但是在做学问时，严谨刻实的态度确有值得学习的地方。

还有一种场合他也要打电话把学生叫去，凡是有朋友来和他讨论问题，他觉得哪个学生旁听一下有益处时，他就要把他传呼去。有一次，他和一个波兰学者谈得高兴了，忘记旁边还有异乡人,大讲其波兰话。他曾和我说,学术这个东西不是只用脑筋来记的,主要是浸在这个空气里。话不懂,闻闻这种气味也有好处。不管这种说法对不对,他所用力的地方确是在这里。他是在培养一个人的生活、气味、思想意识。在我身上,他可能是失败了的,但是有不少学生是受到了他这种影响。他从来没有指定什么书要我念,念书在他看来是每个学生自己的事。他也从来不考问我任何书本上的知识,他似乎假定学生都已经知道了似的。但是当他追问一个人在调查时所观察的"事实"时,却一点也不饶人,甚至有时拍着他的手提皮箱(英国大学生和教授们手里提的是一种小型的皮箱),大发雷霆。他对我可能是有点另眼相看,但是被他呵责也不止一两次。当我写论文时,写完了一章就到他床前去念,他用白布把双眼蒙起,躺在床上,我在旁边念,有时我想他是睡着了,但是还是不敢停。他有时突然从床上跳了起来,说我哪一段写得不够,哪一段说得不对头,直把我吓得不知所措。总的说来他不是一个暴躁的人,最善诙谐,谈笑风生。他用的字,据说比一般英国人还俏皮和尖刻。他最恼我的是文字写不好。他骂我懒汉。其实我已尽我所能了,但总是不能使他满意。他实在拿我没有办法,又似乎一定要保我过关,只好叮嘱一位讲师,替我把论文在文字上加了一次工。现在回想起来,如果不是另有着眼的大处,肯这样"培养"一个学生实在是太难为了他。

现在回想起我身受到的那一套马林诺斯基的"教育",如果要找它的关键,也许可以说在于从各方面来影响我的世界观和方法论。所用的方法不只是靠说服,而是通过社会生活,学术实践,并且用他自己作具体的榜样,"潜移默化"地从思想感情上逐渐浸染进去的。因之我想,任何人世界观的形成和改造,也必须通过生活和学术的实践才能见效。

最后,到了1938年的春天,他催促我,要我赶快把论文写完。他是个性格很矛盾的人,表面上有说有笑,而骨子里却抑郁深沉。据说他有一种恐惧死亡的精神病症,所以当欧洲的战云密布的气氛袭来的时候,他紧张得受不住,准备去美国了。行前打算让我考过了,好告一结束,所以为我举行的考试完全是一种形式。伦敦大学只派来了一个"考官",记得是叫丹尼森·罗斯爵士,是一个著名的"东方学者"。考试是在马林诺斯基的家里举行。他为这次仪式预备了几种酒。这位"考官"一到,就喝起酒来,举杯为这位老师道喜,说他的这位门生在学术上做出了贡献。接下去使我吃惊的是,他说他的老婆已细细读过这篇论文,一口气把它读完,足见具有很大的吸引力。这句话也可能表示,他自己根本没有看过这篇论文。他说完了这段话,就谈起别的事来了。在他要告辞时,还是马林诺斯基记起还有考试这回事,就问他是不是在他离开之前完成一点手续,在一张印得很考究的学位考试审定书上签个字。他欣然同意,又喝了一杯酒,结束了这幕喜剧。

送走了这位考官,马林诺斯基就留我在他家里吃晚饭。在吃饭的时候,他又想起了一件事,在电话上找到了伦敦的一家出版公司的老板。他开门见山地说,这里有他的一个学生写了一本论文,问他愿意不愿意出版。这位老板回答得很妙:如果他能为这本书写一篇序,立刻拿去付印。马林诺斯基回答了"当然"二字,这件事也就定下了。书店的效率并不坏,在我回国之前,清样都打了出来。这本书就叫《中国农民的生活》,还加上一个中文书名《江村经济》。

　　一个作家在英国要出版一本书并不是容易的事。我在下栖道住的时候,认识过一些角楼里的作家,他们带我去参加过一些经纪人的酒会,所以也知道一些内情,在这里不妨附带说一下。在英国,作家和书店之间有一种经纪人。一个作家不通过经纪人而想找到出版的机会是近于不可能的事。经纪人每星期有一个定期的酒会,凡是经过介绍的作家都可以去参加。在这个酒会上许多作家在这里碰头会谈,经纪人就在这种会里放出现在需要哪一种稿子的暗示。经纪人是熟悉行市的专家,他有眼光可以看得出市面上要哪一种书。作家受到这种暗示就琢磨怎样能迎合这种需要,在这种酒会上他也放出风声,自己在写什么。经纪人听得对头就来接头,他提出各种意见,怎样写法才能畅销。作家有了稿本就交给经纪人,由经纪人去考虑送哪个书店出版。如果这本书出版了,经纪人照例扣作家所得的10%。一个经纪人如果能经手10本销路广的书,就抵得上一个名作家的收入,他所花的成本只是每星期一次酒会的开销。作家是离不开经纪人的,因为作家不知道市场的行情,写出的书不合市场要求,根本找不到出版商的门。出版商也离不开经纪人,因为经纪人掌握一批作家,能出产所要的成品。经纪人其实不仅懂行情，而且是操纵行情的人，他们有手法可制造畅销书，可以奴役作家。作家如果不听经纪人的建议，多少岁月的劳动可以一文不值。所以住在角楼上的无名作家见了经纪人是又恨又气，背地里什么咒语都说得出，但是每逢酒会的时候还是要抱着一举成名的侥幸心理，打扮得整齐一些，赔着笑容，在那里消磨一个午夜。

我那天晚上，听着老师挂电话，出版一本书那么容易，又想到下栖区里啃硬面包的朋友，觉得天下真是有幸与不幸。当时我哪里懂得就是这个"幸与不幸"的计较，多少人把自己的灵魂押给了魔鬼。

放下电话，马林诺斯基沉思了一下，说这本书叫什么名字呢？他嘴里吐出一个字来，Earthbound，后来又摇了摇头说："你下本书用这个名字也好。"Earthbound 直译起来是"土地所限制的"，后来果真我第二本书就用了这个名字叫 *Earthbound China*，用中文说，意思可以翻译做"乡土的中国"。他这短短的一句话，不是在为我第二本书提名，而是在指引我今后的方向，他要我回国之后再去调查，再去写书。我的确在他所指引的道上又走了好几年。这是后话，不在这篇《留英记》里说了。

1962 年 4 月 3 日于北京

英伦杂感

我这次到英国去,主要是接受赫胥黎纪念奖章。赫胥黎一生捍卫达尔文的进化论。达尔文发现了进化论,但由于当时宗教的势力很大,他还不敢明目张胆地讲人不是上帝造的。赫胥黎年轻,出来公开和主教辩论,是历史上一次有名的论战,奠定了以科学态度对待人类的基础。进化论传到中国相当早,赫胥黎的名著 *Evolution and Ethics* 是严几道先生翻译过来的,他译作《天演论》,译名也很好。在此我们回想一下严复的一生很有意思,有许多经验教训。严复早年和伊藤博文都是在英国学海军的,伊藤博文回国后建立日本海军,使日本成了强国;严复回中国没有建军打仗,却翻译了一套书。他翻译这套书,看来是有选择的:亚当·斯密的《原富》、孟德斯鸠的《法意》、穆勒的《名学》、斯宾塞的《群学肄言》和赫胥黎的《天演论》,这一套著作奠定了人类历史的一个时代——资本主义时代的理论基础。赫胥黎《天演论》里讲的"优胜劣败,物竞天择",用现在的话来说,就是我们不能落后,落后了就要被淘汰。这个很简单的道理,鼓动了我们上一辈的知识分子,如梁启超等,发扬民主意识,探索强国之道,从而引起了中国的维新运动。再过50

年全面回顾我国的现代化过程时,我们应该把这些知识分子掀起的维新运动也写进去。赫胥黎的学说对我们中国是有相当大的影响的。

赫胥黎在世时,正是大英帝国到各处殖民之时,接触到各地的非白种民族。那时,对这些非白种民族有两种态度,一种是看不起,要消灭他们;一种是要平等相待,帮助他们发展起来。赫胥黎虽然对于生物发展史认为是优胜劣败,但对于现有的人类却主张平等相待。他的教育主张是承认差别,再消灭差别。在这个问题上,本来英国有个种族主义的学会,赫胥黎起来反对,另外成立了英国皇家人类学会,主张种族平等,这在当时是个进步的力量。

1900年,为了纪念第一个会长赫胥黎,创立了一个纪念演讲,并颁发了奖章。人类学会是会员们自己掏腰包来办的,请我吃饭还得由大家凑份子。为了我去领奖章的费用就商量了好久,后来还是把它作为英国科学院同中国社会科学院交流计划的一部分,让我到伦敦去访问两周,路费还得由我国自理。

皇家人类学会每年由理事会选出一位赫胥黎纪念讲演员接受奖章。为此要专门召开一次讲演会。1900年以来接受奖章的,早年如戈尔登、《金枝》的作者弗雷泽、赫顿等都是著名的英国学者;后来才有法、德、美等国的学者,东方学者只在60年代有一位印度的人类学者,去年他们才又选举了我这个东方学者去接受1981年的奖章。

我这次到英国住了半个月,中间有一个周末,他们让我到曼彻斯特和利物浦附近——英国的腰部地方去休息两天。这里是英国的农业发达地区，早年文化比较高，有点儿像我国的苏杭。我以前认识一位英国的学者林赛勋爵，他原是牛津大学贝利奥学院的院长，在我国抗日战争和解放战争时期一直反对当时国民党的独裁，所以，我1946年去英国时，他对我特别殷勤。他在上议院发表过一篇有名的关于中国问题的发言。上院进行辩论之前，他曾约我到他家里去商量过这件事，所以我对他的印象很深。战后他主张英国教育制度必须改革，不能走老路，也不能走美国的路，要走出自己的新路子来。他在牛羊成群、绿草如茵的农牧地区——基尔办了一所大学。我的主人在这个周末休息期间特别为我安排到这个大学去访问。我虽没有进行调查研究，但也感觉到这所大学与别的大学的确有所不同。

在基尔大学附近有个市镇，是英国传统的陶瓷之乡。镇上有许多陶瓷制造厂，其中最大的是埃奇伍德公司，据说也是世界最大的陶瓷公司。我的主人为我安排去参观这个公司。他们对我的欢迎仪式很隆重，还升了中国国旗。

这个地区原来是污染最严重的地方，现在烧瓷禁止用煤，全部用电，所以空气已变得很干净了。他们带我看陶瓷公司的陈列室，表现这家公司从创办至今的变化。一个橱里陈列着早年英国普通日用粗瓷，和我们家乡农村里所用的土制碗碟很相似。第二橱一看就知道英国早年的细瓷完全是模仿中国的。这里陈列的茶壶同我老家的完全一样，画的也是一个公子、一个娘子，只是画中人穿上了洋服罢了。可见英国制造瓷器的技术原是从我国引进的,所以至今英语瓷器还是叫 China(中国)。

接着陈列的是公司创业人埃奇伍德一生改进英国陶瓷的经过,从模仿中国到自出心裁,创造独特风格,从日用品发展到高级的艺术品。这里还展出了他的日记,记着一次一次做的实验。他开始应用温度计,清清楚楚记下每次实验的温度、加料的成分、出品的颜色等等。后来,埃奇伍德丢了一条腿,像潘光旦先生一样,但瓷器实验和研究工作还是继续进行,一直到死。这个公司的陈列室的橱窗记录下他一生的事业。

最后展出的是一幅大油画,画着埃奇伍德的合家欢。他的大女儿是达尔文的妈妈。埃奇伍德家族不仅有陶瓷专家,而且有科学家和人类学家。听说埃奇伍德、达尔文、高尔登等等英国18和19世纪的知识界名人,大多是亲亲戚戚。他们都是英国士大夫阶级,从埃奇伍德到赫胥黎四代人,相当于中国的乾嘉时代。中国的乾嘉时代也是我们中国人聪明才智开花的时代,是中国人引以为骄傲的盛世。我们乾嘉盛世的士大夫搞些什么呢?他们继承了明末清初大学者王夫之与顾亭林等人的搞考据、搞版本的传统,最后修成了《四库全书》。我们那时的学者同他们的学者一样都是封建制度里出来的人物,他们那里出埃奇伍德、达尔文、赫胥黎等等。他们重实验、重调查、周游世界、知识渊博,形成一股风气。这个风气开了花。我们也有一个风气,书中出书,"万事惟有读书高","书中自有颜如玉","书香人家",书,书,书,离不开书,很少到实践里去。我很崇拜的严几道先生也没有脱离这个传统,他没有把真正科学的、实践的精神带回来,带回来的是资本主义最上层的意识形态的东西。当然这也是应当引进的,但只有理论破不了封建。

我从这里想开去,想了很多问题:我们知识分子中间,要真正做到眼睛从书里边转出来很不容易,到现在有多少人是转出来了?看见了经典著作就崇拜,觉得引几句别人的结论就可以解决问题,这样的风气,似乎还没有结束。中英两国的知识分子,在这个上面有点分道扬镳了。这一分道扬镳,不过两三百年,就出了这么大的差距!

对这个问题,我们还应当多想一想。他们有这样的学风,有这样的人物,才能从封建主义发展出资本主义,把人类带进新的阶段。很多人曾为它花了功夫,有很多人曾为它而死,才创造出一种新的社会制度。这个制度现在已进入消亡的阶段了。历史在向前发展,我们要进入一个新的社会主义的社会了。但是社会主义的社会不会从天上掉下来,一定要经过人们去创造。这个过程比从封建到资本主义还要复杂。因此,我们还得要学习他们早年的这一批人所代表的学风,搞实验,搞调查研究,不能靠坐在房里说话,不能靠书本来解决问题。这是我参观了英国的陶瓷之乡的感想。

在英国科学院的招待宴会上,我的老师雷蒙德·弗思问我:你1946年来后写过一本《重访英伦》,拿现在同那时比一比,你有什么感想。我说:这本书我已没有了,但我还记得这本书的第一句话:"这是很痛苦的,当一个骄傲的灵魂,活在一个瘫痪的躯体里。"我指的就是当时的英国。1946年世界大战刚结束,英国疮痍满目,许多事要做而不能做,丘吉尔说他主持的是一个为完成帝国解体的内阁。到现在为止,英国能一直在维持着安定的局面之下结束西方最庞大的帝国,这是不容易的。那位教授插话道:"不,没有麻痹!"我一听,直觉地接口:"是呀,这不是骄傲灵魂的声音么?"这一点是值得骄傲的。他们没有服输啊!你看他们还在埋头苦干。

有一天我去拜访一位92岁的老太太。当我28岁写完论文后,曾请她给我润饰原稿。当时她是讲师,49岁,现已退休。我们谈了一上午,她留我吃午餐,自己烧菜给我吃。她给我一本刚出版的书——《维多利亚时代的童年》,描写她早年的英国社会情况,凭她的记忆,刻画入微,细腻惊人,对当时印象写得历历在目。她这样的脑筋是罕见的。我的老师弗思,81岁,现在他已封了爵位,在上议院里有他的座位。他每年要出一本书。不久要出一本大洋洲他早年调查过的一个民族的字典,是硬工夫。我还去看过一位80多岁的老太太,也是我当学生时的讲师。她行动已经不大方便,但是她又送了我几本新出版的著作,而且说她要把她所知道的一切都留在这个世界上。

这个盛着骄傲的灵魂的躯体,的确不能说已经麻痹了。它的情况怎样呢?当然,不能不承认:不那么灵活了，不那么强壮了。在上面提到过的陶瓷之乡，过去一直没有过失业问题，但是最近三年却不行了。那个城市的市长请我吃饭时，就抱怨政府允许台湾的瓷器进口，以致他们的市里也发生了工人失业。我又遇到一位社会工作者，告诉我说他们现在发生了和我们同样的待业青年问题。在英国，失业不要紧，失业工人有救济金，每月有40到60英镑，生活可以过得去。但是如果一个青年找不到职业的话，他就得不到社会保险和社会福利，也就成了"待业青年"，现在社会上出现许多严重问题，不少就是这一种青年搞的。因为紧缩教育经费的缘故，今年大学教师要有上千个失业，因此我在那里的时候，电视里出现了教师上街的镜头。在他们那里，过去社会上有不少没有固定职业的知识分子，靠写稿、画画等过着自由自在的生活。我有个表弟，40年代是徐悲鸿的学生，去英国留学，没有回国，靠一支笔，每年开开展览会就可以活下来了，不要什么职业。可是他说现在不行了，他的画不容易卖出去了。不用再找很多数字，就可说明是经济萧条的原故。整个社会是这样的空气。

英国在战后搞"福利国家"，财政负担很重。失业救济、医疗津贴、儿童免费教育，以及各式各样的社会保险，甚至老年公民坐公共汽车都免费。这一切都得要国家负担下来。财政越来越紧，工党政府搞不下去了。保守党"铁夫人"上台，要想改变这种情况，但改变不容易。所以他们是在一个入不敷出的严重局面之下过日子的。民族问题也搞得很紧张，爱尔兰问题是大家知道的。"北爱尔兰民族自卫军"，杀人、闹事、搞恐怖活动。我在那里时，一个议员被北爱尔兰民族自卫军暗杀了。政府的保安人员怕他们有一天会搞到女王头上，所以劝女王出门不要再坐马车了，换个防弹汽车吧。女王回答说："我们英国王室不能在恐吓面前低头。"这不又是骄傲的灵魂在说话么？话是不错的，有气魄。可是能行么？无论怎样，英国骄傲的灵魂的确还存在，她的躯体却究竟不如当年了。

骄傲二字在英文里并不是坏名词，也可以译作有志气。英国人民是有志气的。他们比以前是穷了，至少也可以说紧了。但这30年，有一点我觉得值得佩服的是他们的社会秩序一直很平稳、很安定。美国固然比英国有钱，但是在社会安定上差得远。两国的地下铁道、电车的对比就很明显，英国的地下铁道，今天还是我在英国做学生时候的样子，一切如故，好像四五十年前就是昨天一样。可是，美国纽约的地铁，乱得不成话，乌七八糟，简直不敢去坐了。英国的海德公园还是照样可以随意出入、随意讲话；美国纽约的中心公园你就不能去，去了可能出不来啦。英国的特雷福高广场，照样鸽子满天飞，而美国的时代广场呢？我也不好意思说了。

所以英国同美国还是有点不同，究竟是老牌。"老牌"不是在经济上，而在有个骄傲的灵魂。在知识分子里边表现得很清楚，像我的老师们，80岁、90岁还在刻苦钻研。他们没有生命快要结束、世界就要完了的感叹。他们不是为个人一世的虚荣，而是要为人类积聚知识。他们要通过实验去观察，去理论联系实际。这些方面我觉得我们不如他们，我们要向他们学习。

这次在英国只有两个礼拜，观察不深，就是同一些朋友谈谈话。可是碰着的人，很多方面还是我的老师。

1982 年 1 月于北京

英伦曲

1986年6月访问西欧四国，首先在英国伦敦着陆。英伦是我旧游之邦，屈指算来，这是第四次，和初次相隔恰好50年。1936年9月开始我在英国的留学生活，为期两年。1962年4月应家兄之约为政协《文史资料》写《留英记》，在《选集》发表。

1938年离英时正值第二次世界大战爆发前夕。经过了8年在后方的抗战生活，于1946年11月，我应邀去英讲学，为期一个季度，翌年3月返回。访英期间，为《大公报》写访英通讯，后以《重访英伦》为题出版。重访之时，英国战争的疮痍未复，人心思变，工党应运执政。其奋发图强之志，令人侧目。而我国抗日胜利后，在朝者却转矛反共，发生内战。对比之下，感慨无穷。

又隔了多事的35年，1981年12月，全国进入振兴之际，我应英国皇家人类学会之约，赴英接受赫胥黎奖章，逗留旬日，归来在民盟1982年1月召开的一次会议上，谈论了我这次访英的感想，整理成文以《英伦杂感》发表。离这次访问又是5年了。

英国在这50年里发生的变化是极为深刻的，但在外表上却还是极力保存传统风格。方场圆市，大街小巷，大多还是本来面目，纪念民族英雄纳尔逊的华表，丝毫无损地依然耸立在有四个铁狮围护的屈拉法尔加广场中央。国会大厦的墙面虽已清洗去污，塔顶的"大本"依然按时发出沉着悠扬的钟声。甚至我走进母校LSE的校门时，门右那个当我在学时常去用餐的小店，门面如旧，令人惊喜。这次访问住海德公园旅馆，室内摆饰保存了维多利亚的风采，那张高及我半身的卧床，难为了我这加重级的躯体。这一切很易使人得到错觉，今日的英伦还是昔日的英伦；说这是错觉，乃是英国实已大变。

我没有忘记《重访英伦》这本书的第一句话："这是痛苦的、麻痹了的躯体里活着个骄傲的灵魂。"那是我看到战后帝国瓦解后的英伦时所捕捉的印象。

已是时近300年前的事了，英国从西班牙的手上接过了海上霸权。伊丽莎白和维多利亚两个女王奠定了太阳不落的帝国，在20世纪里经历的两次大战中，终于在庆祝胜利声中解体。谁也逃避不了历史决定的命运。英国人心里明白，正如丘吉尔自己宣告是个清算帝国的首相。如果这个帝国并不真是像英国人所喜欢说的"是无意中诞生的"，那么它的告终不能说不是有意识的排布。我这次访问印象最深的倒是那"骄傲的灵魂"，在接受帝国解体上表现得那样镇定、自若、从容。帝国的创建事实上固然不会真的如他所说那样顺当、自如；这个帝国却结束得那么洒脱、漂亮。

我在《重访英伦》里记下的印象显得太仓促和肤浅了。

骄傲的灵魂顶得住躯体的收缩。依靠向殖民地抽血来维持的生命，原是卑鄙和虚弱的。抛弃这寄生的生活，自力更生，这才够得上骄傲、自豪。

《重访英伦》里对工党新政的期望，没有成为历史事实，可是他们在战后所开创的种种社会福利，在这几十年却已融入了英国的传统。铁娘子的收缩政策，还是挖不掉已长入了泥土的草根。一旦经济康复，繁荣来临，及时的春雨，还是会使繁花把茵茵草坪点缀得美锦一片。

这次访英，极为仓促，只过了四夜。离英后在旅途上，回忆三岛，写了下面一首《英伦曲》：

纵笔天下不知艰，负笈西游一少年。
名师一代风骚著，后学五洲衣钵传。
蓦地战火遍欧陆，无情铁雨浇桑田。
从戎乏术徒自恼，弦歌未绝赖诸贤。
劫后重访英伦日，瓦砾未收窟未填。
今朝随槎使旧邦，三岛新貌惊归燕。
帝国体解生机敞，康复更生意志坚。
举杯同祝和平久，友好常青谊不迁。
芳草茵茵年年绿，往事重重阵阵烟。
皓首低徊有所思，纸尽才疏诗半篇。

1986年7月28日

出版后记

1936年,费孝通去英国伦敦经济学院留学,师从"英国人类学之父"雷蒙德·弗思和功能学派创始人之一马林诺夫斯基,1938年以论文《中国农民的生活》(即著名的《江村经济》)获博士学位。费孝通一生治学都受到其早年从学英国的广泛影响。

1946年底,费孝通应邀去英国讲学,其间以"重返英伦"为名,写下系列著名文章,观察"二战"后大英帝国的历史走向,如实记录其政治、经济和社会生活领域正在发生的变化和存在的问题,1947年由大公报馆出版;1962年,作者回顾1936—1938年留学生涯的长文《留英记》刊发于中华书局出版的《文史资料选辑》第三十一辑。

作者一生四次踏上英伦土地,每次都以其人类学家的眼光对英国的现实处境和历史变化进行观察和分析,并用跨文化比较的内在视野,反思中国的乡土重建和现代化之路。

生活·讀書·新知 三联书店

2020年9月

费孝通作品精选

(12种)

《茧》 费孝通 20 世纪 30 年代末用英文写作的中篇小说,存放于作者曾经就读的伦敦经济学院图书馆的"弗思档案"中,2016 年被国内学者发现。这是该作品首次被翻译成中文。

小说叙写了上个世纪 30 年代苏南乡村一家新兴制丝企业的种种遭际。这家制丝企业通过实验乡村工业的现代转型,希望实现改善民生、实业救国的社会理想,但在内外交困中举步维艰。作者以文学的方式来思考正在发生现代化变迁的乡村、城镇与城市,其中乡土中国的价值观念、社会结构与经济模式都在经历激烈而艰难的转型,而充满社会改革理想的知识分子及其启蒙对象——农民,有的经历了个人的蜕变与成长,有的则迷失在历史的巨变中。

《江村经济》 原稿出自费孝通 1938 年向英国伦敦经济学院人类学系提交的博士论文,著名人类学家马林诺夫斯基在为本书撰写的序文中预言,该书"将被认为是人类学实地调查和理论工作发展中的一个里程碑"。1981 年,英国皇家人类学会亦因此书在学术上的成就授予费孝通"赫胥黎奖章"。

本书围绕社区组织、"土地的利用"和"农户家庭中再生产的过程"等,描述了中国农民的消费、生产、分配和交易等生活和经济体系;同时着重介绍了费达生的乡土工业改革实验。费孝通后来多次重访江村,积累了一系列关于江村的书写。江村作为他在汉人社会研究方面最成熟的个案,为他的理论思考如差序格局、村落共同体、绅权与皇权等提供了主要的经验来源。

《禄村农田》 作为《江村经济》的姊妹篇,《禄村农田》是费孝通"魁阁"时期的学术代表作,作者将研究焦点由东南沿海转移到云南内地乡村,探寻在现代工商业发展的过程中,农村土地制度和社会结构所发生的变迁。

作者用类型比较方法,将江村与禄村分别作为深受现代工商业影响和基本以农业为主的不同农村社区的代表,考察农民如何以土地为生,分析其土地所有权、传统手工业和社会结构的异同与变迁,目的是想论证,农村的经济问题不能只当作农村问题来处理;农村经济问题症结在于土地,而土地问题的最终解决与中国的工业化紧密联系在一起。这一探寻中国乡村现代化转型的理想与实践贯穿了费孝通一生。

《生育制度》 费孝通 1946 年根据他在西南联大和云南大学任教时的讲义整理而成,围绕"家庭三角"这一核心议题,讨论了中国乡土社会组织的基本原则及其拓展,其中描述社会新陈代谢的"社会继替""世代参差"等概念影响深远。本书是费孝通的早期代表作,也是他一生最为看重的著作之一。

《乡土中国·乡土重建》 20 世纪 40 年代中后期,费孝通的学术工作由实地的"社区研究"转向探索中国社会结构的整体形态。他认为自己对"差序格局"和"乡土中国"的论述,是这一时期的主要成就。

《乡土中国》尝试回答的问题是:"作为中国基层社会的乡土社会究竟是个什么样的社会。"它不是对具体社会的描写,而是从中提炼一些"理想型"概念,如"差序格局""礼治秩序""长老统治"等,以期构建长期影响、支配着中国乡土社会的独特运转体系,并由此来理解具体的乡土社会。

《乡土重建》则以"差序格局"和"皇权与绅权"的关系为中国社会的基本结构原则,在此基础上分析现实中国基层社会的问题与困境,探寻乡土工业的新形式和以乡土重建进行现代社会转型的可能。这一系列的写作代表了费孝通40年代后期对中国历史、传统和当代现实的整体性关照,是其学术生命第一阶段最重要的思考成果。

《中国士绅》 由七篇专论组成,集中体现了费孝通40年代中后期对中国社会结构及其运作机制的深刻洞察,尤其聚焦于士绅阶层在中国传统社会的地位与功能,及其在现代化进程中逐渐走向解体的过程,与《乡土中国》《乡土重建》等作品在思想上一脉相承。他实际上借助这个机会将自己关于中国乡村的基本权力结构、城乡关系、"双轨政治""社会损蚀"等思考介绍给英语世界。

《留英记》 费孝通关于英国的札记和随笔选编,时间跨度从20世纪40年代到80年代。作为留英归来的学者,费孝通学术思想和人生经历有很重要的一部分与英国密切相关。

这些札记和随笔广泛记录了一个非西方的知识分子对英国社会、人情、风物、政治的观察,其中不乏人类学比较的眼光。比如1946年底,费孝通应邀去英国讲学,其间,以"重返英伦"为名写下系列文章,开头的一句话"这是痛苦的,麻痹了的躯体里活着个骄傲的灵魂",浓缩了他对二战后英帝国瓦解时刻的体验与速写。作者以有英国"essay"之风的随笔形式观察大英帝国的历史命运、英国工党的社会主义实验、工业组织的式微、英国人民精神的坚韧、乡村重建希望的萌芽,以及君主立宪、议会政治和文官制度等,尤其敏锐地洞察了英美两大帝国的世纪轮替和"美国世纪"的诞生,今日读来,尤让人叹服作者的宏阔视野和历史预见力。

《美国与美国人》 20世纪40年代中后期,费孝通写作了大量有关美国的系列文章,这些文章以游记、杂感、政论等形式比较美国和欧洲,美国与中国。其中,《美国人的性格》被费孝通称为《乡土中国》的姊妹篇,作者透过一般性的社会文化现象,洞察到美国的科学和民主之间的紧张,认为科学迫使人服从于大工业的合作,而民主要求个体主义,二者必然产生冲突;并进一步认为基督教是同时培养个体主义和"自我牺牲信念"的温床,是美国社会生活以及民主和科学特有的根源。美国二战以来在全球政治经济格局中越来越突出的霸权地位,实际是费孝通关注美国的一个重要背景。他晚年有关全球化问题的思考,与他对美国、英国等西方社会的系列观察密不可分。

《行行重行行:1983—1996》(合编本) 20世纪80年代到90年代中期,费孝通接续其早年对城一镇一乡结构关系的思考和"乡土重建"的理想,走遍祖国的大江南北,对乡镇企业、小城镇建设、城乡和东西部区域协同发展进行实地考察和调研,先后提出了苏南模式、温州模式和珠江模式等不同的乡镇发展类型,以及长三角、港珠澳、京津冀、亚欧大陆桥经济走廊、中西部经济协作区等多种区域发展战略，其中还包含了他对中西部城市发展类型的思考。

本书汇集了费孝通十余年中所写的近六十篇考察随记，大致按时间线索排列，不仅呈现了晚年费孝通"从实求知"的所思所想；某种意义上也记录了改革开放以来中国发展黄金时期的历史进程。

《中华民族的多元一体格局：民族学文选》　　费孝通是中国民族学的奠基人之一，从1935年进入广西大瑶山展开实地调查开始，对民族问题不同层面的关注与研究贯穿其整个学术生涯。如果说《花蓝瑶社会组织》是用人类学田野调查的方法对民族志研究的初步尝试，那么1950—1951年参加"中央访问团"负责贵州和广西的访问工作，则是他进行民族研究真正的开始，其后还部分参与了"民族识别"和"少数民族社会历史调查"，这些工作不止体现于对边疆社会的组织结构和变迁过程进行研究，对新中国民族政策和民族工作的建言献策，更体现在他对建基于中国历史与现实的"民族"定义和民族理论的探索与构建中。1988年发表的长文《中华民族的多元一体格局》，即是其长期思考的结晶，费孝通在其中以民族学的视角概述中国历史，并提出一种民族认同意识的多层次论，认为中华民族是既一体又多元的复合体。这一对中国作为一个多民族国家在理论层面的高度把握，是迄今为止影响最为深远的中国文明论述。

《孔林片思：论文化自觉》　　20世纪80年代末，费孝通进入了他一生学术思想的新阶段，即由"志在富民"走向"文化自觉"，开始思考针对世界性的文明冲突，如何进行"文化"之间的沟通与解释。到90年代，这些思考落实为"文化自觉"的十六字表述，即：各美其美，美人之美，美美与共，天下大同。

晚年费孝通从儒家思想获得极大启迪，贯穿这一阶段思考的大问题是：面对信息化和经济一体化的全新世界格局，21世纪将会上演"文明的冲突"，还是实现"多元一体"的全球化？不同的文化和文明之间应该如何和平共处、并肩前行？中国如何从自己的传统思想中获得文化转型的自主能力，从中国文明本位出发，建构自己的文明论与文化观？

本书收录了费孝通从1989—2004年的文章，集中呈现了费孝通晚年对人与人、人与自然、国与国、文明与文明之间关系的重新思考。

《师承·补课·治学》(增订本)　　从1930年进入燕京大学社会学系开始，在长达七十余年的学术生涯中，费孝通在人类学、社会学和民族学领域开疆拓土，成就斐然。他一生的学术历程与民族国家的命运、与时代的起伏变换密切相关。本书汇编了晚年费孝通对自己一生从学历程的回顾与反思的文章，其中既有长篇的思想自述；也有对影响终身的五位老师——吴文藻、潘光旦、派克、史禄国、马林诺夫斯基——的追忆与重读，他名之曰"补课"；更有对社会学与人类学在学科和理论层面的不断思考。

本书还收录了费孝通"第一次学术生命"阶段的四篇文章，其中《新教教义与资本主义精神之关系》一文为近年发现的费孝通佚稿，也是国内最早关于韦伯社会学的述评之一。